ANDY MORGAN

IM TAL DER TÖDLICHEN AUGEN

Text: Greg Zeichnung: Hermann

Carlsen Verlag

CARLSEN COMICS
Lektorat: Andreas C. Knigge
1. Auflage 1988

Aus dem Französischen von Klaus Strzyz
LA FLEMME VERT DU CONQUISTADOR

Lettering: Michael Hau

08098834· ISBN 3-551-01188-5

SEIT ZWEI TAGEN SCHON TUCKERT DIE „CORMORAN" GEN NORDEN AUF IHREM WEG DURCH DIE EINSAMKEIT, DIE NUR SELTEN VON EINIGEN WENIGEN FISCHERN GESTÖRT WIRD. ZWISCHEN VILLABAMBA UND DER VENEZUELISCHEN GRENZE WERDEN DIE WILDEN UFER DES MARAYALI NUR VON WENIGEN DÖRFERN UND PLANTAGEN GESÄUMT...
DAS DARF DOCH NICHT WAHR SEIN!
CORMORAN
DIESE BESTIE HAT MEINEN LETZTEN LITER MILCH ABGEPUMPT! 50 ESCUDOS FÜR NICHTS UND WIEDER NICHTS!
KOMM SOFORT HER, DU GANGSTER! ICH WERDE DIR... HE!?!

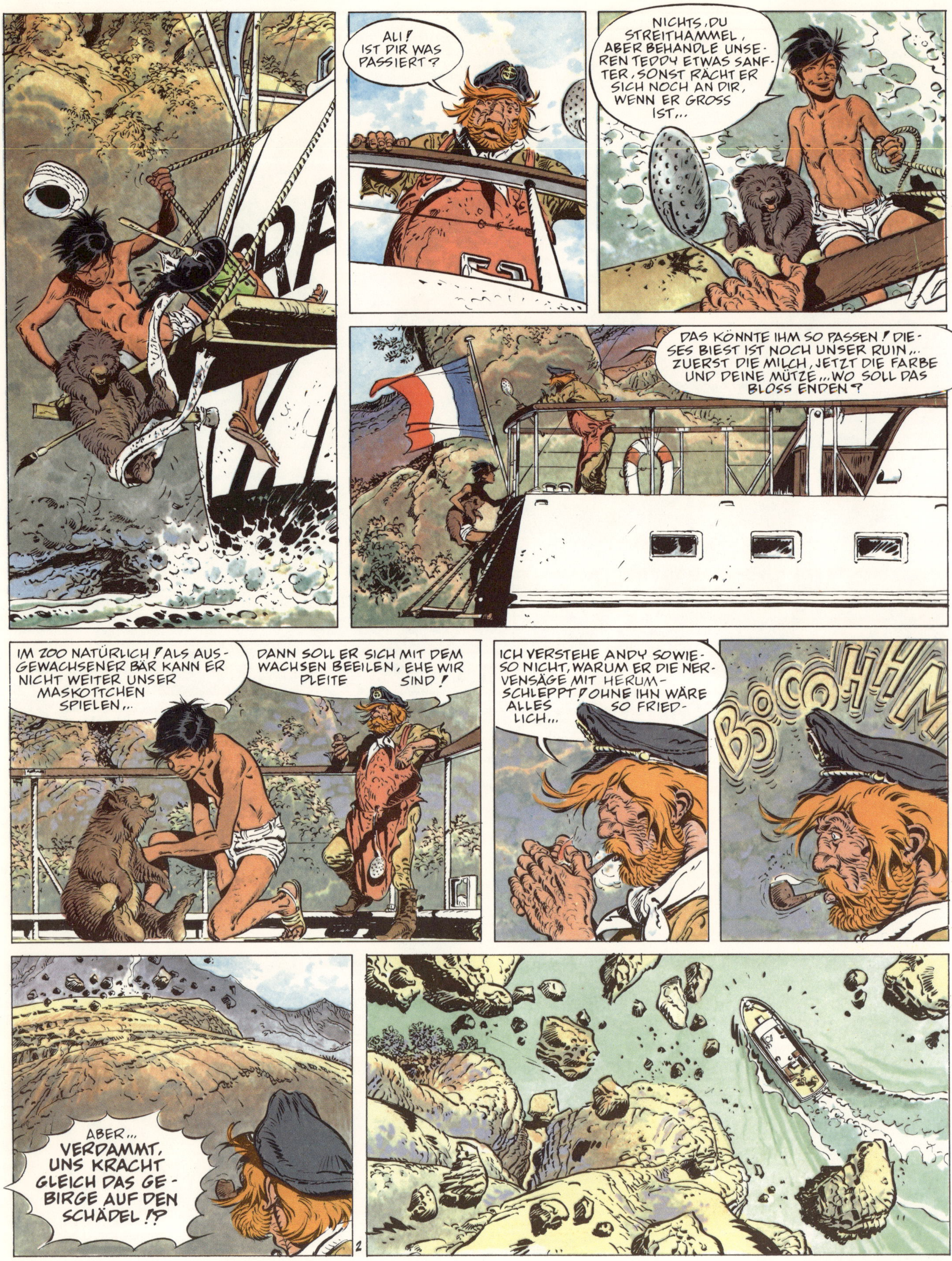
ALI! IST DIR WAS PASSIERT?
NICHTS, DU STREITHAMMEL, ABER BEHANDLE UNSEREN TEDDY ETWAS SANFTER, SONST RÄCHT ER SICH NOCH AN DIR, WENN ER GROSS IST...
DAS KÖNNTE IHM SO PASSEN! DIESES BIEST IST NOCH UNSER RUIN... ZUERST DIE MILCH, JETZT DIE FARBE UND DEINE MÜTZE... WO SOLL DAS BLOSS ENDEN?
IM ZOO NATÜRLICH! ALS AUSGEWACHSENER BÄR KANN ER NICHT WEITER UNSER MASKOTTCHEN SPIELEN...
DANN SOLL ER SICH MIT DEM WACHSEN BEEILEN, EHE WIR PLEITE SIND!
ICH VERSTEHE ANDY SOWIESO NICHT, WARUM ER DIE NERVENSÄGE MIT HERUMSCHLEPPT! OHNE IHN WÄRE ALLES SO FRIEDLICH...
BOOOHHM
ABER... VERDAMMT, UNS KRACHT GLEICH DAS GEBIRGE AUF DEN SCHÄDEL!?

GROSSER GOTT!... WENN ICH DEN WAHNSINNIGEN ERWISCHE, DER HIER MIT STEINEN WIRFT, KANN ER WAS ERLEBEN!
MMMMMMMUUUUUUHHH
HÖRT MAL!
EINE ALARMSIRENE! DIE EINHEIMISCHEN HABEN HUMOR...
OB'S DA EINEN STEINBRUCH GIBT? NEIN, DER WÄRE AUF DER KARTE EINGEZEICHNET! HM, FAST LÄGEN WIR JETZT AUF DEM GRUND DES FLUSSES...
DA WIR GERADE VON GRUND REDEN... WIR SIND VOM KURS ABGEKOMMEN! SCHNELL, EHE WIR NOCH AUF EINER SANDBANK STRANDEN!
HE, DU WIRST JA RICHTIG VERNÜNFTIG! FRÜHER HÄTTEST DU DIESEN KERLEN ERST MAL DIE MEINUNG GEGEIGT...
DAS KOMMT SCHON NOCH, ALI!
SEHEN WIR LIEBER ZU, DASS WIR DIE PLANTAGE VON MOREL ERREICHEN! DANACH KANN ICH IMMER NOCH PER PEDES ZURÜCKGEHEN UND MIT DIESEM VERRÜCKTEN EIN PLAUDERSTÜNDCHEN ABHALTEN!

PLANTATION MOREL, SI?
JA, MEIN JUNGE...
ABER DER LADEN BEFINDET SICH SEIT ZWEI GENERATIONEN IM BESITZ DER MORELS, UND DIE SPRECHEN AUCH FRANZÖSISCH!
ANKER LOS?
LIEBER NICHT, BARNEY! MACH DEN KAHN SO FEST, DASS WIR GEGEN DIE STRÖMUNG LIEGEN KÖNNEN!
SAG DEM BOSS BESCHEID, MANUEL!
VIELLEICHT HEBT BESUCH SEINE LAUNE... NACH DER EXPLOSION WAR ER STINKSAUER!
AH, SIE HABEN SIE ALSO AUCH GEHÖRT?
UND OB! DAS WAR SCHON DIE VIERTE IN DIESER WOCHE! MOREL IST KURZ DAVOR, SELBST IN DIE BERGE ZU MARSCHIEREN UND DEN BURSCHEN ZU HELFEN, IHR DYNAMIT SCHNELLER HOCHZUJAGEN... MIT EIN PAAR HANDGRANATEN ZUM BEISPIEL! HIER WIRD'S BALD RUNDGEHEN, KLEINER!
WIE IMMER! ALS HÄTTE DIE „CORMORAN" EIN SPEZIALRADAR, DAS SIE IMMER DORTHIN FÜHRT, WO ES GEFÄHRLICH WIRD!
REG DICH AB, BARNEY! HEUTE WIRD GANZ BRAV ENTLADEN, UND MORGEN SIND WIR SCHON WIEDER AUF DEM HEIMWEG...
WOHL KAUM, CAPTAIN MORGAN, ODER WOLLEN SIE IHREN GASTGEBER AUF TIERRA DEL GUAQUERO BELEIDIGEN?

SIND SIE ROBERT MOREL ?
SEIN SOHN FRANK. WILLKOMMEN BEI UNS, MEINE HERREN ! WAS GIBT'S NEUES AUS DER ZIVILISATION ?
NICHT VIEL GUTES... DIE UMWELTVERSCHMUTZUNG NIMMT RAPIDE ZU... FREUT MICH SEHR, MOREL...
NENNEN SIE MICH FRANK ! IN DIESER GOTTVERLASSENEN GEGEND GIBT'S 'NE MENGE MORELS !
WENN ICH RECHT INFORMIERT BIN, IST IHR VATER DER CHEF IHRES FAMILIENUNTERNEHMENS...?
RICHTIG ! ER HEISST ROBERT UND HAT DEN LADEN FEST IN DER HAND, WOHINGEGEN ICH DEN FAMILIENPLAYBOY SPIELE... GLAUBEN SIE MIR, KEINE LEICHTE AUFGABE !
AUSSERDEM WERDEN SIE NOCH MEIN STOLZES SCHWESTERCHEN CORINNA KENNENLERNEN... UND UNSEREN STARRKÖPFIGEN OPA MOREL ! SEINE BOCKIGKEIT MACHT ES EINEM NICHT IMMER LEICHT, MIT IHM ZU REDEN...
KLINGT NICHT SO, ALS GINGE ES HIER SEHR HARMONISCH ZU...
IN EINER SOLCHEN EINÖDE KANN ES GANZ SCHNELL PASSIEREN, DASS MAN SICH AUF DEN NERVEN HERUMTRAMPELT, ALI...
TJA, UND DANN GIBT'S NOCH MEINE BEIDEN AUFSÄSSIGEN BRÜDER JO UND YVES... ABER DEREN NAMEN SOLLTEN SIE VON SICH AUS BESSER NICHT ERWÄHNEN... VERSTEHEN SIE ?
ICH KANN MICH BEHERRSCHEN, FRANK...
SEÑORES... TIERRA DEL GUAQUERO !

NETT, IHRE HÜTTE...
KLAR, SIE SIEHT GUT AUS, IST INNEN ABER EHER MORSCH! FÜR GROSSVATER MOREL WAR ES DAS SCHLOSS SEINES KAFFEEREICHS, ABER SEINE NACHFOLGER KÜMMERN SICH NICHT DIE BOHNE MEHR DARUM... SIE LASSEN ALLES VERKOMMEN!
WAS DENN, WAS DENN?! FÜR MICH IST DAS HIER DAS PARADIES... REINE LUFT, VIEL SONNE UND RUHE, KEINE AUTOS... WENN ICH AN DEN VERKEHR DENKE IN...
HONK HONK
TÖÖÖÖÖT
DARF ICH VORSTELLEN? PATER VERANO, DER DIE INDIOS ZU GUTEN CHRISTEN ERZIEHEN WILL... ABER DIE SIND LEIDER NUR SELTEN SEINER MEINUNG. PATER, CAPTAIN MORGAN UND SEINE MANNSCHAFT HABEN DIE LIEFERUNG GEBRACHT...
ICH HABE IHR SCHIFFCHEN SCHON AM STEG SCHAUKELN GESEHEN, KAPITÄN. KOMPLIMENT...
ICH WAR ÜBRIGENS GERADE IN DEN BERGEN, FRANK. DER SCHADEN WIRD IMMER GRÖSSER... WANN NEHMEN DEINE BRÜDER ENDLICH VERNUNFT AN?
ÄH...
DIESE SCHWACHKÖPFE HÖREN NICHT EHER AUF, ALS BIS SIE AUF DEM GRUNDE DES MARAYAU LIEGEN, PADRE...
UND ICH HÄTTE GROSSE LUST, SIE MIT EINEM FUSSTRITT DORT HINZUBEFÖRDERN!
UM GOTTES WILLEN, ROBERT, SAGEN SIE DAS NICHT...
ABER REDEN WIR EIN ANDERMAL ÜBER DIESE IDIOTEN WEITER, UND BEGRÜSSEN WIR LIEBER UNSERE GÄSTE! WILLKOMMEN, MORGAN, UND HEREINSPAZIERT!
SAGEN SIE MAL, PATER, DIE SPRENGMEISTER IN DEN BERGEN... SIND DAS YVES UND JO MOREL? UND WAS SUCHEN DIE DORT OBEN?
SIE SIND'S TATSÄCHLICH...
...UND WAS SIE DORT SUCHEN? NUN, SCHON MAL VOM GRÜNEN GOLD DER BERGE GEHÖRT? ALSO...
?

WAS TRINKEN SIE, MORGAN? WIR SIND BESTENS AUSGERÜSTET... WODKA, BOURBON, CALVADOS...?
AH, CORINNA, MEINE TOCHTER UND DIE EINZIGE, DIE NOCH AUS DEM GLEICHEN HOLZ GESCHNITZT IST WIE IHRE VORFAHREN, DIE DIESES STÜCK LAND URBAR GEMACHT HABEN... UND AUSSERDEM SIEHT SIE GAR NICHT SO ÜBEL AUS, ODER?
HÖREN SIE NICHT AUF IHN, CAPTAIN! MEIN VATER HAT DIE VORSTELLUNG, MICH SCHNELLSTENS UNTER DIE HAUBE BRINGEN ZU MÜSSEN, UND DA KANDIDATEN AUF TIERRA DEL GUAQUERO SELTEN SIND, HAT ER ANSCHEINEND GLEICH AN SIE GEDACHT!
SO? ÄH, JA, ICH, ÄH... SEÑORITA, ICH FÜRCHTE, DASS...
HA! HA! NOCH IST JA NICHTS PASSIERT...
PUR ODER MIT SODA?
GEMISCHT, BITTE... UND FÜR ALI UND BARNEY DAS GLEICHE, ABER IN ZWEI GLÄSERN... DAS SODA FÜR ALI, DEN WODKA FÜR BARNEY!
SIE HABEN HUMOR, MORGAN, UND DAS GEFÄLLT MIR! WAS WÜRDEN SIE SAGEN, WENN SIE FÜR MICH ARBEITEN UND SICH UM DEN TRANSPORT DER KAFFEE-ERNTE EINES GANZEN JAHRES KÜMMERN WÜRDEN?
VORAUSGESETZT, ES GIBT ÜBERHAUPT NOCH ETWAS ZU TRANSPORTIEREN! WENN UNSERE ARBEITER SICH NÄMLICH WEITER MEINEN BRÜDERN IN DEN BERGEN ANSCHLIESSEN, WERDEN DIE SÄCKE HÜBSCH LEER BLEIBEN...
ÄH... ÜBERLEGEN SIE ES SICH TROTZDEM, CAPTAIN! ES STIMMT, WIR HABEN HIER ZUR ZEIT EINIGE KLEINE PROBLEME, ABER FRANK ÜBERTREIBT EIN BISSCHEN!
GUT, REDEN WIR SPÄTER DARÜBER...
RICHTIG! ROBERT MOREL IST SEHR WOHL IN DER LAGE, SEINE SCHWIERIGKEITEN ALLEINE ZU LÖSEN! DIE ERNTE WIRD EINGEBRACHT, UND WENN ICH MIR DIE ARBEITER VOM ENDE DER WELT HERBEIHOLEN MUSS...
BRRKOOOHHOOM!
SCHON WIEDER?!

SEHR EINDRUCKSVOLL, DAS VIELE DYNAMIT! MAN KÖNNTE FAST MEINEN, SIE WOLLTEN AUF EINEN SCHLAG EINE VERBINDUNG VOM PANAMAKANAL BIS ZUM MARAYALI SCHAFFEN...
STIMMT, UND DABEI SIND SIE EBENSO UNERFAHREN WIE HABGIERIG ...
HABGIERIG? REDEN SIE NICHT LÄNGER UM DEN HEISSEN BREI HERUM, PATER. ERKLÄREN SIE MIR, WAS ES MIT DEM „GRÜNEN GOLD" AUF SICH HAT!
SMARAGDE! ES HEISST, DASS DORT OBEN IN DEN BERGEN EIN ABENTEUERLICHES VERMÖGEN STECKT. LEIDER HAT NOCH NIEMAND AUCH NUR EINEN EINZIGEN STEIN GESEHEN... NUR WERTLOSEN SMARAGDSTAUB, DER DURCH DIE BERGWÜSTEN WEHT...
ALLERDINGS EXISTIERT EIN DOKUMENT AUS DER ZEIT DER SPANISCHEN CONQUISTADORES. EIN SCHIFF IST 30 KILOMETER DEN MARAYALI HOCHGEFAHREN, BEVOR ES...
...ZERSCHELLTE. DIE MÄNNER SIND ZU FUSS WEITERMARSCHIERT UND EIN PAAR WOCHEN LANG IN DEN BERGEN GEBLIEBEN...
UND EINER IST DANN PLÖTZLICH AUF DAS SESAM-ÖFFNE-DICH VON ALI BABA GESTOSSEN, STIMMT'S? NACH EIN PAAR GLÄSERN IST JEDER SEEMANN DER WELT BEREIT, IHNEN EINE SOLCHE STORY ZU ERZÄHLEN... UND ALLE KENNEN SIE AUF EINMAL EINEN VON DIESEN SAGENHAFTEN GLÜCKSPILZEN!
TJA... ABER EINER DIESER MÄNNER IST TATSÄCHLICH GESEHEN WORDEN, UND ZWAR MIT EINEM SMARAGD, DER SO GROSS WAR WIE SEINE FAUST! DEN FUNDORT HAT ER GENAU BESCHRIEBEN... „CARRERA DEL CONQUISTADOR"... UND DEN SUCHEN YVES UND JO!
SOLLEN SIE DOCH! ANDY UND MICH GEHT ES JEDENFALLS NICHTS AN, WIE DIE MORELS IHRE FREIZEIT VERBRINGEN...
8
...UND SIE AUCH, ROTBART! WIR MACHEN UNS ALLE ZUSAMMEN AUF! ICH ERKLÄRE MEINEN SÖHNEN DEN KRIEG, UND SIE WERDEN MIT VON DER PARTIE SEIN!
!
!

TUT MIR LEID, MOREL, ABER SIE BRAUCHEN MIR DIE KNARRE GAR NICHT ERST IN DIE HAND ZU DRÜCKEN! EIN SPAZIERGANG IN DEN BERGEN STEHT NICHT AUF UNSEREM AUSFLUGS-PROGRAMM!
STEHEN SIE ETWA AUF DER SEITE MEINER SÖHNE?
SIE SIND HIER UNTER FREUNDEN, ROBERT, UND DAS WISSEN SIE AUCH... NUR IHRE NERVEN SIND ETWAS GESPANNT! GEBEN SIE HER...
NA SCHÖN, ICH GEBE NACH! ZUM ERSTENMAL IN MEINEM LEBEN GEBE ICH NACH! LACHHAFT, WIE...?
ROBERT MOREL, DER LETZTE DER CONQUISTADORES, DER KAFFEEKÖNIG VOM MARAYALI... DER DEN GRÖSSTEN KONKURS SEIT ENTDEKKUNG DER KAFFEEBOHNE ANMELDEN MUSS! WAS FÜR EINE TRAGÖDIE...!
DU ÜBERTREIBST! NOCH KÖNNEN WIR DIE PLANTAGE SEHR WOHL RETTEN!
RETTEN? ICH BITTE DICH, CORINNA, DAZU STECKEN WIR SCHON VIEL ZU TIEF IM DRECK!
UND WOZU AUCH? FÜR DIESE BEIDEN SCHWACHKÖPFE, DIE MIR EINEN ARBEITER NACH DEM ANDEREN DAVONLOCKEN? DIE GLAUBEN, DASS DER REICHTUM IN DEN BERGEN LIEGT UND NICHT AUF MEINEN KAFFEEFELDERN? NEIN, DER KAFFEE IST DER WAHRE REICHTUM UND NICHT IRGENDWELCHE STEINE...
HE, IHR DA, KÖNNT IHR DAS NICHT BEGREIFEN?
ABER WOZU REGE ICH MICH AUF? DAS SPIEL IST SOWIESO VERLOREN...
KEINESWEGS!
SICHER, ES GIBT PROBLEME, ABER CORINNA HAT RECHT! NOCH KANN DIE PLANTAGE GERETTET WERDEN! MAN MUSS MIT YVES UND JO EIN ERNSTES WORT REDEN, ABER OHNE EIN GEWEHR IN DER HAND!
WER DENN? ETWA DER PLAYBOY DA?
NEIN, ICH WERDE GEHEN... UND ICH BIN MIR FAST SICHER, DASS SEÑOR JORDAN MICH BEGLEITEN WIRD, FALLS ICH IHN RICHTIG EINSCHÄTZE...

SEKUNDE MAL, PADRE! SIE SAGEN DAS SO LOCKER DAHER, OHNE MICH VORHER GEFRAGT ZU HABEN... AUSSERDEM HABEN SIE VERGESSEN, DASS WIR MORGEN FRÜH NACH VILLABAMBA ZURÜCKFAHREN, UND...
UND ICH BITTE SIE, ES SICH NOCH EINMAL ZU ÜBERLEGEN! BEDENKEN SIE EINMAL, WAS ALLES VON IHRER ENTSCHEIDUNG ABHÄNGT... CORINNAS ZUKUNFT, DIE DER GANZEN PLANTAGE...
AH, JA? MIR STEHT'S ABER BIS HIER, IMMER FÜR ANDERE DEN KARREN AUS DEM DRECK ZU ZIEHEN! STÄNDIG SIND ALI UND ANDY UND ICH DIE DUMMEN, DIE FÜR ANDERE DEN KOPF HINHALTEN SOLLEN...
DÜRFTE ICH AUCH MAL WAS SAGEN, ALTER?
ES SIEHT DOCH SO AUS, ALS WÄREN WIR IM MOMENT ALLE EIN BISSCHEN AUS DEM HÄUSCHEN... ABER TATSÄCHLICH SCHEINT MIR DIE SITUATION GAR NICHT SO SCHLIMM ZU SEIN! IHRE IDEE, ZU DEN BEIDEN ZU GEHEN, FINDE ICH SEHR GUT, PATER VERANO...
DOCH WARUM GEHEN SIE NICHT ALLEINE? FÜR SIE DÜRFTE DAS EIN SPAZIERGANG SEIN, UND FREMDE WÜRDEN BEI SO EINER UNTERHALTUNG SOWIESO NUR STÖREN...
NUN...
KEIN MENSCH TRAUT SICH ALLEIN IN DIE BERGE, CAPTAIN MORGAN, WEIL ES DORT VON BANDITEN NUR SO WIMMELT...
DAHER ALSO WEHT DER WIND! SIE ALS MANN DES FRIEDENS WANDELN MIT DEM ÖLZWEIG IN DER HAND VORNEWEG, UND DER GUTE ALTE BARNEY SCHLEICHT MIT DER KNARRE IM ANSCHLAG HINTERHER, UM BEI BEDARF LOSZUBALLERN! EINE REIZENDE IDEE, WIRKLICH!
SIE... SIE MISSVERSTEHEN MICH... ICH HÄTTE IHNEN DAS ALLES NOCH ERKLÄRT! SIE SCHIENEN MIR EIN MANN VON CHARAKTER ZU SEIN, SEÑOR JORDAN, UND ÄH...
WEITER, PADRE, WEITER! ICH HÖRE...
UND ICH AUCH, AMIGO, ICH BIN AUCH SCHON GANZ GESPANNT! SCHEINT SO, ALS WÄREN AUF TIERRA DEL GUAQUERO ENDLICH MAL EIN PAAR VERNÜNFTIGE MENSCHEN EINGEKEHRT!
TUXEDO!

DU DRECKIGE RATTE WAGST ES, DEINE STIEFEL AUF MEINEM TEPPICH ABZUPUTZEN? RAUS MIT DIR!
ABER, ABER, AMIGO, WARUM DENN SO ZORNIG? WIR BEIDE SOLLTEN ZUSAMMENARBEITEN UND UNS NICHT UNNÖTIG STREITEN!
SIEHT SO AUS, ALS WÄRE DIES DER ÖRTLICHE ROBIN HOOD, ODER?
FALSCH, MEIN LIEBER! ROBIN HOOD KLAUTE, UM DEN ARMEN ZU GEBEN... DER HIER ARBEITET GARANTIERT IN DIE EIGENE TASCHE!
SIEHT WIRKLICH EDEL BEI DIR AUS, AMIGO! JA, JA, KAFFEE IST FAST SO WERTVOLL WIE GOLD, ODER?...
DOCH UM DEN KAFFEE ZU VERSILBERN, MUSS MAN DIE ERNTE ERST EINMAL EINBRINGEN! SCHLECHT, WENN EINEM DABEI DIE ARBEITER PLÖTZLICH WEGLAUFEN...
OHNE DIE KOHLE FÜR DEN KAFFEE WERDET IHR ABER SCHLIESSEN MÜSSEN...
OKAY, DU HUND, ICH MERKE, DASS DU IRGEND ETWAS AUSGEBRÜTET HAST! TROTZDEM ZIEHST DU JETZT LEINE, DENN DEINE DRECKIGEN PLÄNE INTERESSIEREN MICH NICHT! VERDUFTE ALSO, UND ZWAR SOFORT!
RUHIG, ROBERT! SIE HABEN KEINE WAHL, SIE MÜSSEN MIT IHM REDEN!
AYIIIH! UNSER GUTER PADRE GLAUBT ZWAR ANS PARADIES, HAT'S ABER ANSCHEINEND NICHT EILIG, DORT SCHON ZU LANDEN! ABER KEINE ANGST, AMIGOS, TUXEDO IST HEUTE BLENDEND GELAUNT! HA! HA! HA!
EHRLICH, BARNEY, DER TYP MACHT MIR ANGST!
WARUM? DAS IST ALLES NICHT UNSER BIER, ALI!
UND NUN HÖR MIR MAL GUT ZU, GUAQUERO! ICH BIETE DIR AN, DEINEN KAFFEE ZU RETTEN... ICH WERDE MICH UM DEINE BEIDEN VERRÜCKTEN SPRÖSSLINGE KÜMMERN UND DAFÜR SORGEN, DASS DIE ARBEITER ZURÜCKKOMMEN... UND DAFÜR GIBST DU MIR 20 PROZENT VOM ERLÖS DEINER ERNTE... EINVERSTANDEN?
!

NICHT EINVERSTANDEN! UND WENN DU MEINE SÖHNE AUCH NUR ANRÜHRST, BRECHE ICH DIR SÄMTLICHE KNOCHEN! IST DAS KLAR ?!
HE, DU SOLLTEST DIR DAS NOCH EINMAL ÜBERLEGEN!
DIE PEST ODER DIE MALARIA SIND MIR IMMER NOCH LIEBER ALS DEINE HILFE... RAUS!
DU BIST SEHR DUMM, MOREL...
...DENN WENN MAN TUXEDOS FREUNDSCHAFT ZURÜCKWEIST, KÖNNEN MANCHMAL SEHR EIGENARTIGE DINGE GESCHEHEN!
DENKE ZUM BEISPIEL AN DEINE EINZIGE VERBINDUNG NACH VILLABAMBA, AN DEIN FUNKGERÄT! SO ETWAS GEHT SCHNELL KAPUTT...
UND DAS WEISSE SCHIFF UNTEN AM UFER! WER WEISS SCHON, WIE LANGE DAS NOCH SEETÜCHTIG BLEIBT?
DAS WEISSE SCHIFF GEHÖRT MIR, FREUNDCHEN, UND ES WIRD MORGEN FRÜH ABLEGEN... INTAKT UND OHNE EINEN KRATZER!
OHO, DER GRINGO MIT DEN WEISSEN HAAREN IST JA NOCH AUFBRAUSENDER ALS DER ALTE! LOS, PFOTEN WEG VON TUXEDO!
OH, MANN! WARUM WERFEN WIR DEN KERL NICHT EINFACH IN DEN MARAYALI?
TS, TS... NIMM DICH ZUSAMMEN! DIESER IDIOT KANN UNS DOCH NICHT PROVOZIEREN...
HA!?HA!HA! DER FETTE ROTBART HAT'S ERFASST! TUXEDO GEGENÜBER SOLLTE MAN SICH IMMER RUHIG UND HÖFLICH BENEHMEN!
12

VORSICHT, BARNEY!
ABER.. WELCHER TROTTEL HAT MEINEN WAFFENSCHRANK ABGESCHLOSSEN ?
D..DAS WAR ICH, ROBERT! ICH, ÄH, ICH DACHTE...
PUERCO BLANCO! DU HAST ES GEWAGT, TUXEDO ZU SCHLAGEN? DAS WERDET IHR BÜSSEN! LOS, MÄNNER!
REIFE LEISTUNG!
TUT MIR LEID, MORGAN, ABER ICH WOLLTE NUR...
DAS KÖNNEN SIE UNS IM PARADIES ERKLÄREN...
GUTE REISE, GRINGO... HA! HA!
BAOOMMM!
13
KANN MAN SICH DENN IN DIESER VERDAMMTEN BUDE NICHT MAL IN RUHE AUFS OHR LEGEN, OHNE GESTÖRT ZU WERDEN? WAS HAT DIESER RADAU ZU BEDEUTEN ?!?
DER ALTE MOREL...!

DU DA, DU SOLLTEST DEINEN KOPF BENUTZEN, BEVOR ICH IHN DIR VOM KÖRPER BLASE! LASS UNS GEFÄLLIGST IN RUHE... UND JETZT NIMM DIE BEINE IN DIE HAND UND VERDUFTE!
DAS WAR EIN FEHLER, ALTER, EIN GROSSER FEHLER... ABER SEHR LANGE HAST DU SOWIESO NICHT MEHR ZU LEBEN!
WAS SICH NOCH HERAUSSTELLEN WIRD! ICH GEBE DIR JEDENFALLS DREI MINUTEN, UM ABZUSCHWIRREN... UND LASS DICH AUF DIESER SEITE DES MARAYALIS NIE MEHR BLICKEN!
NICHT ZU FASSEN! GERETTET DURCH EINEN ALTEN OPA...
GROSSARTIG, VATER, ABER DU SOLLTEST AN DEIN HERZ DENKEN...
LASS MEIN HERZ AUS DEM SPIEL, UND MACH DIE HUNDE LOS... ODER SOLLEN SICH DIE KERLE IM GARTEN VERSTECKEN?
MEINE HERREN, DARF ICH IHNEN DEN AL... ÄH, GORDON MATHIAS MOREL VORSTELLEN, DAS OBERHAUPT DER FAMILIE.
RESPEKT! MEHR BRAUCHE ICH WOHL NICHT ZU SAGEN...!
SO, SO, SIE SIND VIELLEICHT EIN KERLCHEN! LASSEN SIE IHREN KAHN IMMER UNBEWACHT VOR ANKER LIEGEN, MATROSE?
SCHNELL, DIE „CORMORAN" BRENNT! KOMMEN SIE!!
UND DANN TUN DIE NOCH SO, ALS WÄREN SIE ÜBERRASCHT...

TEUFEL!
DAS IST GENAU DIE RICHTIGE BEZEICHNUNG FÜR DIESE HUNDE!
SCHNELL, JORDAN. BISLANG BRENNT NUR DIE KAJÜTE!...
NUR DIE KAJÜTE?! REICHT IHNEN DAS ETWA NOCH NICHT? WAS HABEN SIE DENN ERWARTET... ETWA EIN ZWEITES SODOM UND GOMORRHA? ODER GAR DIE APOKALYPSE?
ICH MEINTE DOCH NUR...
PAW
AUF DEN BODEN!
WWIIIIIOOOOOWWWW..
?

ICH BIN MIR SICHER, DER SCHUSS KAM VOM ANDEREN UFER...
HE, BARNEY?
DAFÜR WERDEN DIESE RATTEN TEUER BEZAHLEN! MEINE MÜTZE... ICH HAB' DEN DECKEL ERST VOR KURZEM GEKAUFT!
ABER ZUR SACHE, PADRE... WIE WAR DAS VORHIN? SIE SAGTEN DOCH, DASS SIE UNBEDINGT IN DIE BERGE MARSCHIEREN WOLLTEN...?
ALLERDINGS!
BIST DU ZUFRIEDEN, TUXEDO?
UND OB, AMIGO, UND OB! GENAUSO HABE ICH MIR DIE SACHE NÄMLICH AUCH VORGESTELLT...!
EIN KLEINES FEUERCHEN HIER, EIN PAAR SCHÜSSE DORT... WAS MEINST DU, WIE SCHNELL DIE GRINGOS NERVÖS WERDEN! WIR ABER HABEN ZEIT...
WIR BRAUCHEN NUR ETWAS ZU WARTEN, BIS DIE KERLE VÖLLIG DURCHDREHEN UND WIE WILD UM SICH SCHLAGEN... UND DANN, WENN SIE TOTAL KOPFLOS SIND, GREIFEN WIR SIE AN, MUCHACHO!
DOCH DAMIT ALLES KLARGEHT, MUSS ICH NOCH EINMAL ALLES DURCHKALKULIEREN! GEH DU SCHON MAL VOR!
TUXEDO... WILLST DU ETWA...?
ICH SAGTE... **GEH!**
16
BANG
DER SCHUSS WAR NICHT FÜR UNS BESTIMMT!
ICH WETTE, DA MUSSTE JEMAND FÜR TUXEDOS WUT BEZAHLEN! VERDAMMT, DIESER KERL HAT MIR MEINE LAUNE GRÜNDLICH VERDORBEN...
JETZT SCHON? DABEI HAT ER NOCH GAR NICHT RICHTIG ANGEFANGEN! DAS BESTE KOMMT BESTIMMT NOCH...

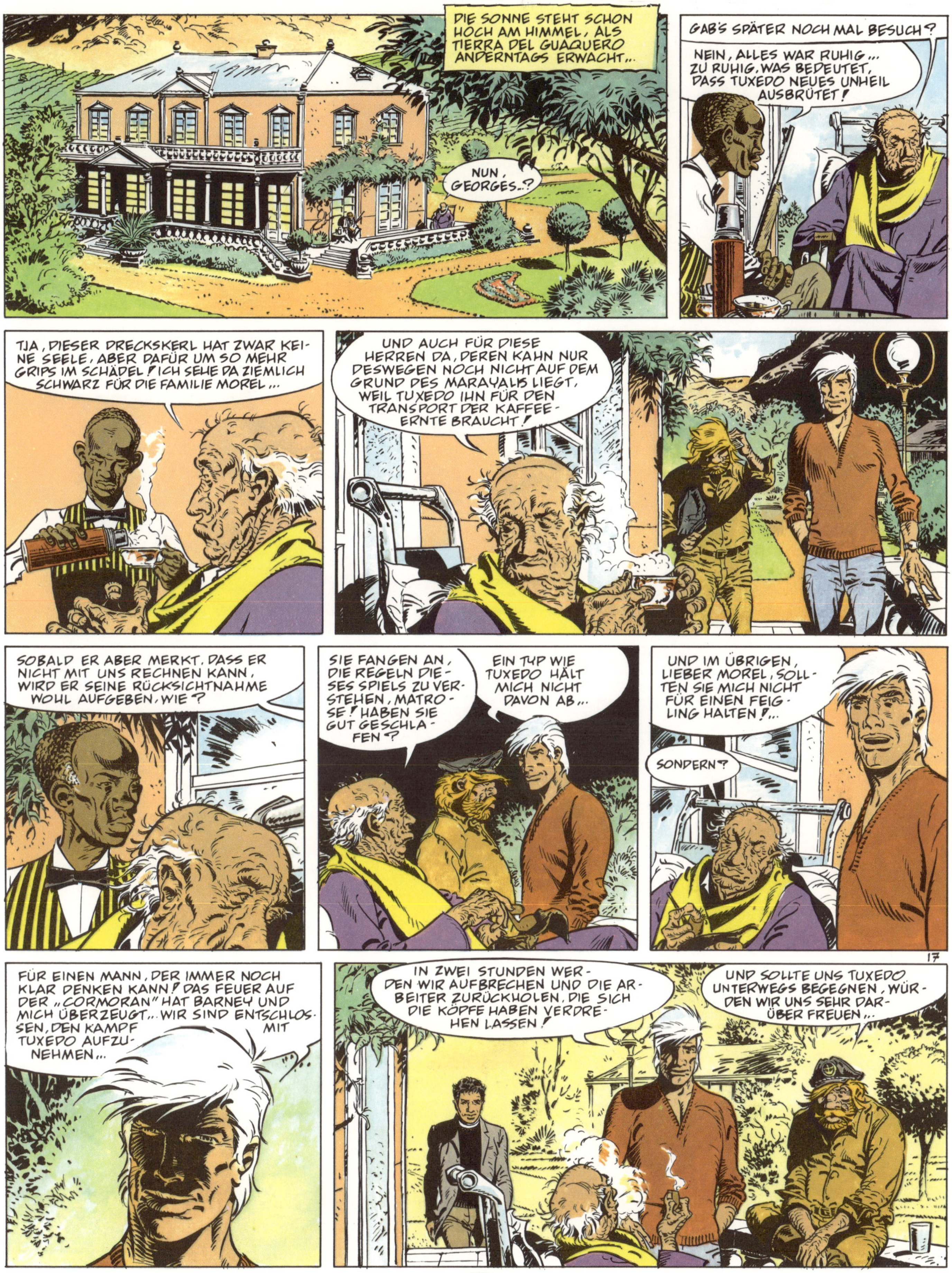
DIE SONNE STEHT SCHON HOCH AM HIMMEL, ALS TIERRA DEL GUAQUERO ANDERNTAGS ERWACHT...
NUN, GEORGES..?
GAB'S SPÄTER NOCH MAL BESUCH?
NEIN, ALLES WAR RUHIG... ZU RUHIG, WAS BEDEUTET, DASS TUXEDO NEUES UNHEIL AUSBRÜTET!
TJA, DIESER DRECKSKERL HAT ZWAR KEINE SEELE, ABER DAFÜR UM SO MEHR GRIPS IM SCHÄDEL! ICH SEHE DA ZIEMLICH SCHWARZ FÜR DIE FAMILIE MOREL...
UND AUCH FÜR DIESE HERREN DA, DEREN KAHN NUR DESWEGEN NOCH NICHT AUF DEM GRUND DES MARAYALIS LIEGT, WEIL TUXEDO IHN FÜR DEN TRANSPORT DER KAFFEE-ERNTE BRAUCHT!
SOBALD ER ABER MERKT, DASS ER NICHT MIT UNS RECHNEN KANN, WIRD ER SEINE RÜCKSICHTNAHME WOHL AUFGEBEN, WIE?
SIE FANGEN AN, DIE REGELN DIESES SPIELS ZU VERSTEHEN, MATROSE! HABEN SIE GUT GESCHLAFEN?
EIN TYP WIE TUXEDO HÄLT MICH NICHT DAVON AB...
UND IM ÜBRIGEN, LIEBER MOREL, SOLLTEN SIE MICH NICHT FÜR EINEN FEIGLING HALTEN!...
SONDERN?
17
FÜR EINEN MANN, DER IMMER NOCH KLAR DENKEN KANN! DAS FEUER AUF DER „CORMORAN" HAT BARNEY UND MICH ÜBERZEUGT... WIR SIND ENTSCHLOSSEN, DEN KAMPF MIT TUXEDO AUFZUNEHMEN...
IN ZWEI STUNDEN WERDEN WIR AUFBRECHEN UND DIE ARBEITER ZURÜCKHOLEN, DIE SICH DIE KÖPFE HABEN VERDREHEN LASSEN!
UND SOLLTE UNS TUXEDO UNTERWEGS BEGEGNEN, WÜRDEN WIR UNS SEHR DARÜBER FREUEN...

WAHNSINNIGE SOLL MAN NIEMALS AUF-HALTEN !... NEHMT ABER LIEBER GEORGES MIT, ER KENNT DIE BERGE !
WAS ? SIE WOLLEN TATSÄCH-LICH IN DIE BERGE ? NEHMEN SIE MICH MIT !
MOMENT MAL !
DAS WIRD KEINE PROZESSION ! ANSTATT GESANGBÜCHER UND ÖLZWEIGE NEHMEN WIR GEWEHRE MIT ! DAS IST NICHT GANZ IHR METIER, PADRE... !
SCHON, ABER ICH KANN MICH UNTER-WEGS TROTZDEM NÜTZLICH MACHEN ! ICH KANN IHNEN SPIRITUELLE UNTER-STÜTZUNG GEBEN UND IHR GEPÄCK TRAGEN... UND ICH WERDE MICH IHREN ANORDNUNGEN FÜGEN !
ES WÄRE BESTIMMT SINNVOLLER, IN DEN KÜHLEN ABENDSTUNDEN AUFZUBRECHEN, ABER DANN FINDEN WIR DEN WEG NICHT SO LEICHT...
SIE SCHAFFEN ES SCHON ! SCHLIMM NUR, DASS MEIN EIGEN FLEISCH UND BLUT SIE IM STICH LÄSST...
DU HAST WOHL DIE RUCKSÄCKE NICHT GE-ZÄHLT, OPA ?
FRANK ?
OH, JA, FRANK DER PLAYBOY...
TATSACHE IST, DASS DER REICHTUM DER MORELS AUS DER ERDE KOMMT, OB ALS KAFFEEBOHNE ODER ALS SMARAGD... ABER DAS FINDE ICH SCHON HERAUS !
UND DEIN VATER ?
ER IST ETWAS ZU HITZKÖPFIG, UND CORINNA IST EINE FRAU, DIE KOCHEN UND NICHT KÄMPFEN SOLLTE ! HIER, DIESES MITTELCHEN WIRST DU IHNEN MORGEN IN DEN KAFFEE GEBEN, DA-MIT SIE NOCH EINMAL EINSCHLAFEN UND WIR GENÜGEND VORSPRUNG IN DEN BERGEN HABEN !
UND PASSEN SIE AUF UNSEREN SCHIFFS-JUNGEN AUF !
WÄHREND SIE WEG SIND, MACHE ICH EI-NEN RICHTIGEN SEEMANN AUS IHM !

WO GEHT'S LANG?
EINE FURT ÜBER DEN FLUSS GIBT'S NICHT, ABER NICHT WEIT VON HIER...
...IST EIN FLOSS VERSTECKT, MIT DEM WIR ÜBER DEN MARAYALI ÜBERSETZEN KÖNNEN!
UND DIE STRÖMUNG, GEORGES?
IST ZWAR STARK, ABER ZU BEWÄLTIGEN! AN DEN UFERN SIND SANDBÄNKE, UND DER FLUSS SELBST IST NUR BESCHEIDENE 800 METER BREIT...!
BINDET ALLES FEST! SIE, PADRE, BLEIBEN IN DER MITTE VOM FLOSS BEIM GEPÄCK!
ABER ICH KANN GENAUSOGUT WIE ALLE...
DAS INTERESSIERT JETZT NIEMANDEN! SAGEN SIE BRAV JA, UND TUN SIE NUR DAS, WAS BEFOHLEN WIRD!
19
FLUSSAUFWÄRTS, UND WEGEN DER SANDBÄNKE IMMER IN DER MITTE BLEIBEN!
INTERESSANT, DIE EINHEIMISCHEN SPORTARTEN! KANN MAN SICH DIREKT DRAN GEWÖHNEN...

DARÜBER KANN MAN SICH STREITEN !... ICH HOFFE NUR, DASS KEINER SEIN TASCHENTUCH VERGESSEN HAT... ICH HAB' NÄMLICH WENIG LUST, UMZUKEHREN UND NOCH EINMAL VON VORNE ANZUFANGEN...!
ACHTUNG, VOR UNS LIEGT EIN STRUDEL ! STEUERN SIE DRAN VORBEI !
JORDAN... BARNEY, ICH...
SIEHT AUS WIE EIN RIESIGES KARUSSELL, NUR ETWAS GEFÄHRLICHER...
ICH RUTSCHE...!
20
FESTHALTEN, FRANK ! IN EIN PAAR SEKUNDEN SIND WIR DURCH...!

WENN TUXEDO JEDESMAL, WENN ER KOMMT, SO DEN FLUSS ÜBERQUEREN MÜSSTE, HÄTTE ER SEINE PLÄNE SCHON LÄNGST AUFGEGEBEN...
HM...
TJA, DAS HÄTTE DER PADRE SICH IM PRIESTERSEMINAR NICHT TRÄUMEN LASSEN...!
HÄTTEN WIR UNS DENKEN MÜSSEN, DASS ER GLEICH SCHLAPPMACHEN WÜRDE...
IST DER FUSS GEBROCHEN?
ER ZUCKT, WENN ICH IHN BERÜHRE...
WIR KÖNNEN IHN NICHT ZURÜCKBRINGEN, DENN DANN MÜSSTEN WIR UNS KILOMETERWEIT VON DER STRÖMUNG FLUSSABWÄRTS TREIBEN LASSEN...
ALSO NEHMEN WIR IHN MIT! HOFFEN WIR NUR, DASS ES IM LAGER DER MORELS JEMANDEN GIBT, DER ETWAS VON ERSTER HILFE VERSTEHT...
JEDER VON UNS TRÄGT IHN ABWECHSELND!
21
WAS FÜR EIN AUSFLUG... RICHTIG NETT! MIT ETWAS PHANTASIE KÖNNTE MAN SOGAR ANNEHMEN, WIR WÄREN IN EINER RICHTIGEN SAUNA!
SEI STILL, BARNEY, ES KÖNNTE SEHR VIEL SCHLIMMER SEIN! SEI LIEBER FROH...
...DASS TUXEDO SICH NOCH NICHT GERÜHRT HAT!

ES... ES TUT MIR LEID, FREUNDE! ICH HAB' VERSUCHT...
RUHIG, PADRE! DER WIND KANN UNSERE STIMMEN HIER SEHR WEIT TRAGEN...
ÜBRIGENS, GEORGES, WIE ÜBERQUERT TUXEDO DEN MARAYALI?
TUXEDO IST NICHT DUMM...
MIT EINEM HARPUNENGEWEHR SCHIESST ER EIN SEIL ANS ANDERE UFER... SCHADE NUR, DASS WIR KEIN SOLCHES GEWEHR HABEN!
DANN HANGELN SICH ER UND SEINE MÄNNER AM SEIL ENTLANG! UM DAS ZU SCHAFFEN, MUSS MAN SCHON RECHT GESCHICKT SEIN, ABER DIESE KERLE SIND DIE REINSTEN AKROBATEN! DIE HABEN SOGAR NACHTS KEINE ANGST!
NUR SELTEN RUTSCHT EINER VOM TAU AB... ABER DANN IST ER AUCH GARANTIERT VERLOREN!
22
MEIN LIEBER SCHWAN! DA WÜRDE ICH ABER EIN STABILES FLOSS VORZIEHEN!... UND DA WIR SCHON VON DER NACHT SPRECHEN... DIE WÜRDE ICH GERNE AN EINEM ORT VERBRINGEN, WO UNS DIESE KERLE NICHT HEIMLICH DEN HALS DURCHSCHNEIDEN KÖNNEN!
HM, INTERESSANT! FÜNF MÄNNER, EINER DAVON VERLETZT, UND DAS VOR EINER STUNDE... RASCO HAT GUT AUFGEPASST! WAHRSCHEINLICH GLAUBEN DIESE GRINGOS, SIE HÄTTEN MICH GESTERN IN DIE FLUCHT GESCHLAGEN... ABER DA TÄUSCHEN SICH DIESE HUNDE!

AUF DEM HÜGEL MACHEN WIR ERST MAL RAST, UM DAS GELÄNDE ZU SICHTEN, ..
MIR RECHT! EINE KLEINE VERSCHNAUF-PAUSE WÜRDE MIR GANZ GUT-TUN!
SCHON GUT, BARNEY! AB JETZT NEHME ICH DEN PATER, ..
WOZU DENN? GLAUBST DU, ICH KÖNNTE DIESES FLIEGENGEWICHT NICHT MEHR TRAGEN?
ABER ... WARUM KEUCHEN SIE DANN SO, UND WARUM ZITTERN IHRE MUSKELN SCHON DIE GANZE ZEIT? HÖREN SIE AUF, SEÑOR JORDAN, UND LASSEN SIE MICH HIER ZURÜCK! SIE KÖNNEN MICH AUF DEM RÜCKWEG WIEDER ABHOLEN, .. ICH BIN IHNEN EINE ZU GROSSE LAST, ..
ZUM LETZTENMAL, PATER, UND DIESMAL IN ALLER FREUNDSCHAFT, .. HÖREN SIE AUF MIT DEM GEJAMMER, ODER ICH WERDE NOCH RICHTIG BÖSE!
UND? WAS SIEHT MAN VON HIER, GEORGES?
LEIDER NICHTS, ..!
23
UND DAS BEUNRUHIGT MICH NICHT WENIG! TUXEDO MUSS DURCH SEINE SPÄHER VON UNSERER ANKUNFT ERFAHREN HABEN! SCHLIESSLICH HAT ER SEINE MÄNNER ÜBERALL HIER IN DEN BERGEN, ..
STIMMT, ..
ER WEISS ALSO VON UNS, HAT SICH ABER NOCH NICHT GEZEIGT, .. UND DAS BEDEUTET, DASS ER UNS LANGSAM AUF KLEINER FLAMME RÖSTEN WILL, ..
SETZEN SIE SICH, MORGAN! ES IST BEKANNT, DASS ER GEWEHRE MIT ZIELFERNROHREN HAT, ..

GEHT'S BESSER?
SAGEN SIE MAL, PATER... DAHEIM SCHEINT DER KLEINE FRANK EIN RECHTER PLAYBOY UND 'NE TOTALE NULL ZU SEIN, ABER HIER BENIMMT ER SICH WIE EIN AUSGEWACHSENER MANN UND ZEIGT NICHT DIE SPUR VON SCHWÄCHE...
TJA...
SO SIND SIE ALLE, DIE MORELS! JEDER VON IHNEN IST EIN BISSCHEN VERRÜCKT, ABER WENN ES DANN HART AUF HART GEHT...
... HALTEN SIE EISERN DURCH! TIERRA DEL GUAQUERO KÖNNTE DAS PARADIES AUF ERDEN SEIN, WENN DIE FAMILIE NUR BESSER ZUSAMMENARBEITEN WÜRDE...
INTERESSANT...
OKAY, LEUTE, BRINGEN WIR UNSERE MORSCHEN KNOCHEN WIEDER IN SCHWUNG! SCHÄTZE, WIR HABEN NOCH EIN KLEINES STÜCKCHEN WEG VOR UNS...
UND? HABT IHR DAS LAGER GEFUNDEN?
GEORGES IST EIN AS! LAUT KARTE SIND WIR GOLDRICHTIG!
JO UND YVES MOREL MÜSSTEN DORT HINTER DEM BERG STECKEN! ICH VERMUTE, DASS WIR IN DREI ODER VIER STUNDEN BEI IHNEN SEIN KÖNNEN...
DAS HÖRT MAN GERNE!... BRECHEN WIR ALSO AUF... ABER NICHT, OHNE NOCH EIN LETZTES MAL DAS BEZAUBERNDE PANORAMA ZU GENIESSEN!
24
HE, BARNEY, WAS HAST DU? STIMMT WAS NICHT?
UNSER FLOSS HAT 'NEN KLEINEN BRUDER BEKOMMEN...
??

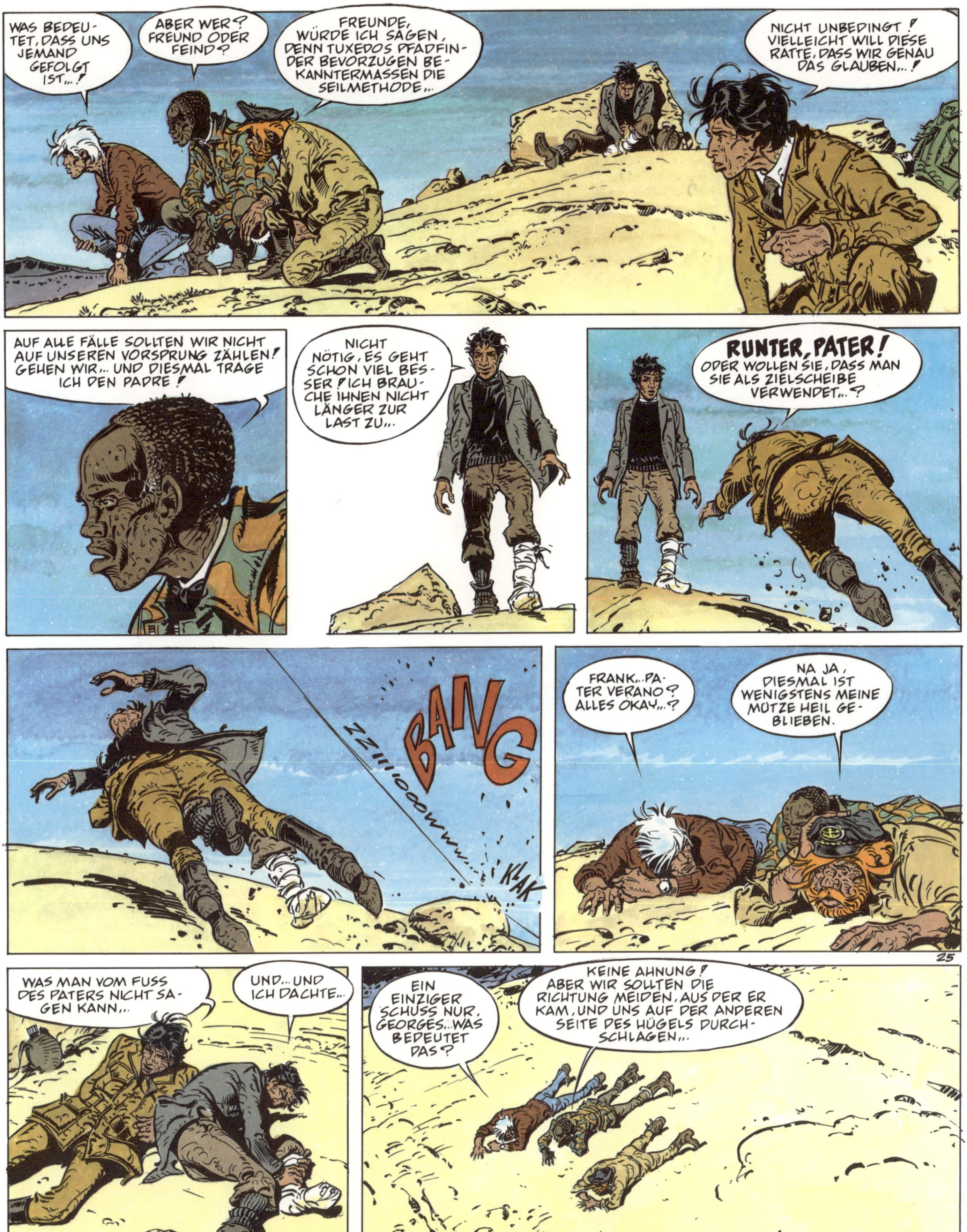
WAS BEDEUTET, DASS UNS JEMAND GEFOLGT IST...!
ABER WER? FREUND ODER FEIND?
FREUNDE, WÜRDE ICH SAGEN, DENN TUXEDOS PFADFINDER BEVORZUGEN BEKANNTERMASSEN DIE SEILMETHODE...
NICHT UNBEDINGT! VIELLEICHT WILL DIESE RATTE, DASS WIR GENAU DAS GLAUBEN...!
AUF ALLE FÄLLE SOLLTEN WIR NICHT AUF UNSEREN VORSPRUNG ZÄHLEN! GEHEN WIR... UND DIESMAL TRAGE ICH DEN PADRE!
NICHT NÖTIG, ES GEHT SCHON VIEL BESSER! ICH BRAUCHE IHNEN NICHT LÄNGER ZUR LAST ZU...
RUNTER, PATER! ODER WOLLEN SIE, DASS MAN SIE ALS ZIELSCHEIBE VERWENDET...?
BANG
ZZIIIIOOOWWWW
KLAK
FRANK... PATER VERANO? ALLES OKAY...?
NA JA, DIESMAL IST WENIGSTENS MEINE MÜTZE HEIL GEBLIEBEN.
25
WAS MAN VOM FUSS DES PATERS NICHT SAGEN KANN...
UND... UND ICH DACHTE...
EIN EINZIGER SCHUSS NUR, GEORGES... WAS BEDEUTET DAS?
KEINE AHNUNG! ABER WIR SOLLTEN DIE RICHTUNG MEIDEN, AUS DER ER KAM, UND UNS AUF DER ANDEREN SEITE DES HÜGELS DURCHSCHLAGEN...

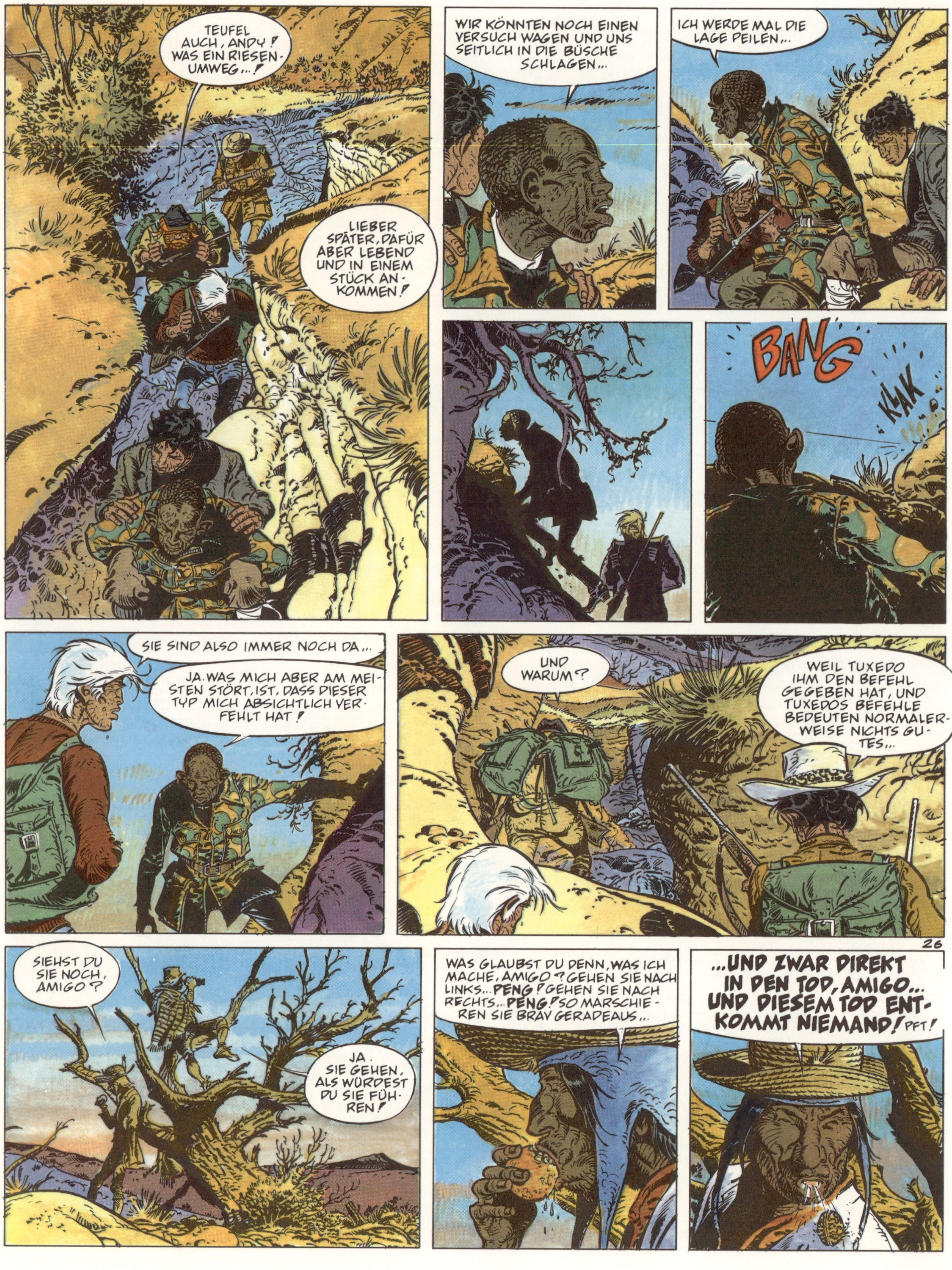

TEUFEL AUCH, ANDY! WAS EIN RIESENUMWEG...!
LIEBER SPÄTER, DAFÜR ABER LEBEND UND IN EINEM STÜCK ANKOMMEN!
WIR KÖNNTEN NOCH EINEN VERSUCH WAGEN UND UNS SEITLICH IN DIE BÜSCHE SCHLAGEN...
ICH WERDE MAL DIE LAGE PEILEN...
BANG
KLAK
SIE SIND ALSO IMMER NOCH DA...
JA. WAS MICH ABER AM MEISTEN STÖRT, IST, DASS DIESER TYP MICH ABSICHTLICH VERFEHLT HAT!
UND WARUM?
WEIL TUXEDO IHM DEN BEFEHL GEGEBEN HAT, UND TUXEDOS BEFEHLE BEDEUTEN NORMALERWEISE NICHTS GUTES...
26
SIEHST DU SIE NOCH, AMIGO?
JA. SIE GEHEN, ALS WÜRDEST DU SIE FÜHREN!
WAS GLAUBST DU DENN, WAS ICH MACHE, AMIGO? GEHEN SIE NACH LINKS... PENG! GEHEN SIE NACH RECHTS... PENG! SO MARSCHIEREN SIE BRAV GERADEAUS...
...UND ZWAR DIREKT IN DEN TOD, AMIGO... UND DIESEM TOD ENTKOMMT NIEMAND! PFT!

WIR SOLLTEN UNS KEINE ILLUSIONEN MACHEN, LEUTE! BIS ZUM CAMP SCHAFFEN WIR ES HEUTE AUF KEINEN FALL MEHR... GLEICH WIRD ES HIER STOCKDUNKEL SEIN!
UND TUXEDO HAT UNS GENAU DA, WO ER ES WOLLTE, STIMMT'S?
WENN ICH NUR WÜSSTE, WAS ER VORHAT! ER HECKT IRGENDEINEN TEUFLISCHEN PLAN AUS...
ABER WAS FÜR EINEN???
JEDENFALLS DÜRFEN WIR NICHT DIE NERVEN VERLIEREN! DARAUF WARTET ER NUR, UM UNS DANN GNADENLOS ABZUKNALLEN...!
VIELLEICHT HOFFT ER AUCH, DASS UNS DIE DUNKELHEIT FERTIGMACHT! WIR SEHEN PLÖTZLICH ÜBERALL GESPENSTER, KRIEGEN DIE PANIK UND LAUFEN WIE DIE HASEN IN WILDER FLUCHT DAVON... DIREKT VOR SEINE GEWEHRE!
ZERBRECHEN WIR UNS DARÜBER NICHT WEITER DEN KOPF! TATSACHE IST, DASS WIR HIER BIS ZUM MORGENGRAUEN FESTHÄNGEN... WIR SOLLTEN UNS ÜBERLEGEN, OB WIR ZWISCHEN DEN STEINEN DORT DRÜBEN NICHT BESSER AUFGEHOBEN WÄREN...
KEINE SCHLECHTE IDEE, FRANK! VON DORT AUS HAT MAN DIE GANZE GEGEND IM BLICKFELD!...
HM... WENN WIR UNS HINTER DEN RUCKSÄCKEN VERSTECKEN, WÄREN WIR EINIGERMASSEN GESCHÜTZT UND KÖNNTEN DIE NACHT MIT HEILER HAUT ÜBERSTEHEN...
UNS BLEIBT KEINE ANDERE WAHL! MACHT EUCH FERTIG, JUNGS!... ES SIND RUNDE 100 METER! WENN WIR IM ZICKZACK RENNEN, MÜSSTEN WIR ES EIGENTLICH SCHAFFEN...

ÄH... VERZEIHUNG, PADRE, REDEN WIR NICHT MEHR DARÜBER! ES WAR SOWIESO NUR EINE SCHNAPSIDEE...
HIER ODER DORT, DAS MACHT KEINEN UNTERSCHIED...
MACHT ES DOCH! HIER IM GRABEN SIND WIR TUXEDOS MÄNNERN AUF GEDEIH UND VERDERB AUSGELIEFERT, UND DESHALB WERDEN WIR IHREN VORSCHLAG AUSFÜHREN, AUCH, WENN'S SCHWERFÄLLT!
ICH HABE JEDENFALLS NOCH KEINE LUST, JETZT SCHON DEM HERRN GEGENÜBERZUTRETEN... WIR MÜSSEN UNS ZWISCHEN DEN STEINEN VERSTECKEN! WARTEN WIR NOCH, BIS DER MOND HINTER DEN WOLKEN VERSCHWINDET UND UNS DIE DUNKELHEIT UNSICHTBAR MACHT.
ABER... HABEN SIE IHREN FUSS VERGESSEN, PATER? ICH WÜRDE IHNEN JA GERNE NOCH EINMAL MEINE BREITEN SCHULTERN ZUR VERFÜGUNG STELLEN, NUR...
ICH BIN IHNEN LANGE GENUG ZUR LAST GEFALLEN...
DESWEGEN WERDE ICH AUCH ALS ERSTER GEHEN, UND ICH WÄRE IHNEN DANKBAR, WENN SIE MICH DECKEN WÜRDEN... DAMIT WIR UNS NICHT MISSVERSTEHEN, MEINE HERREN... DIES IST KEIN VORSCHLAG, SONDERN MEIN FESTER ENTSCHLUSS! HEBEN SIE MICH BITTE AUS DEM GRABEN, FRANK...?
WENN ICH'S MAL SO SAGEN DARF... EIN TEUFELSKERL!
WER HÄTTE DAS VON IHM GEDACHT?
REDET NICHT SOVIEL, SONDERN HALTET EUCH BEREIT! TUXEDOS JUNGS KÖNNEN JEDE SEKUNDE ZUSCHLAGEN... SCHIESST DANN SOFORT ZURÜCK!

IN DREI TEUFELS NAMEN, ES SIEHT SO AUS, ALS OB ER'S SCHAFFT...!
NOCH EIN PAAR METER...
DEM HIMMEL SEI DANK!
DER NEBEL WIRD STÄRKER, TUXEDO, UND MAN KANN NICHT MEHR VIEL SEHEN... ABER ICH GLAUBE, DER PADRE HAT'S ALS ERSTER GEWAGT!
BUENO!
VERHALTET EUCH RUHIG, AMIGOS, ICH WILL NÄMLICH DIE ANDEREN AUCH NOCH HABEN... SIE ALLE SOLLEN IN MEINE FALLE GEHEN! KOMMT ALSO NICHT AUF DIE IDEE, SIE ZU ER-SCHRECKEN!...
VIELLEICHT HAT SICH TUXEDO WEGEN DES NE-BELS ZURÜCKGEZOGEN, GEORGES?
MACHEN SIE SICH KEINE FALSCHEN HOFFNUNGEN! SIE DÜRFEN NICHT VERGESSEN, DASS TUXEDO HIER AUFGE-WACHSEN IST!
29
ODER ER HOFFT, DASS WIR ALLE JÄMMERLICH AN RHEUMA EINGE-HEN! DAS WÜRDE DIESEM KERL 'NE MENGE MUNITION SPAREN...
DIE FEUCHTIGKEIT IST WIRK-LICH SCHLIMM...
STIMMT... ABER IMMER NOCH BESSER ALS EINE KUGEL IM BAUCH!
VERSUCHEN WIR, UNS AUFS OHR ZU LEGEN! FÜR HEUTE IST DAS PRO-GRAMM BEENDET, ABER MORGEN GEHT'S WEITER... UND DANN BRAUCHEN WIR FRISCHE ENERGIE!

UND DABEI KÖNNTEN WIR JETZT GEMÜTLICH AUF DER „CORMORAN" SCHLUMMERN...
SCHIMPF NICHT, BARNEY! SO KANNST DU DIESEM TUXEDO WENIGSTENS BEWEISEN, DASS DICH DAS LEBEN AUF DEM „WEISSEN SCHIFF" NICHT VERWEICHLICHT HAT...!
DU WEISST, DASS ICH KEIN ANGSTHASE BIN, ALTER, ABER TEUFEL NOCH MAL... DIESES HERUMSITZEN SCHAFFT MICH! ICH HABE DAS GEFÜHL, ALS OB HINTER DIESER NEBELWAND UNSER FEIND SITZT UND SICH HALBTOT ÜBER UNS LACHT...
DU DENKST ZUVIEL NACH... HE, ES WIRD ZEIT FÜR GEORGES UND FRANK, DIE NACHTWACHE ZU ÜBERNEHMEN! LEGEN WIR UNS ALSO AUCH NOCH MAL HIN...
OHNE MICH! ICH WÜRDE DOCH NUR VON SKORPIONEN UND ANDEREM UNGEZIEFER TRÄUMEN! ...VERDAMMT, WENN NUR ETWAS PASSIEREN WÜRDE! WARUM GREIFT DENN NIEMAND AN?
ES WIRD ZEIT, DASS WIR DAS LAGER ERREICHEN... DER PADRE SCHÜTTELT SICH VOR FIEBER UND SCHMERZEN! ER BRAUCHT DRINGEND MORPHIUM!
MORPHIUM UND WÄRME, HOMBRES... HI, HI! IHR SOLLTET DEN BERGEN NICHT TRAUEN, SIE HABEN TAUSEND OHREN...
TUXEDO!
!
30
JA, ICH BIN'S, TUXEDO, UND WÜRDET IHR DAS GEBIRGE SO GUT KENNEN WIE ICH, DANN HÄTTET IHR DEN TOD IN DEN WILDEN WASSERN DES MARAYALIS GEWÄHLT! ABER SO WERDET IHR HIER STERBEN,
IM TAL DER TÖDLICHEN AUGEN!

„TAL DER TÖDLICHEN AUGEN"? WAS FASELT DER DA?
STILL! DIESE RATTE VERSTEHT TATSÄCHLICH JEDES WORT...!
ABER ICH BIN EIN FREUNDLICHER MENSCH UND WILL EUCH SAGEN, WAS EUCH ERWARTET... DAMIT IHR SCHON VORHER VOR ANGST WAHNSINNIG WERDET!
GERADE HABT IHR DEN NEBEL VERFLUCHT, ABER IN DREI STUNDEN WERDET IHR IHN SEHNLICHST HERBEIWÜNSCHEN... DANN NÄMLICH WIRD DIE SONNE DEN SAND UNTER EUREN FÜSSEN ERHITZEN, BIS ER GLÜHT!! UND ES WIRD KEINEN WIND GEBEN, SEÑORES, UND AUCH KEINEN SCHATTEN, DER EUCH ERLEICHTERUNG BRINGT...!
UNMÖGLICH! BEI DER KÄLTE, DIE WIR HIER GERADE HABEN? OH, NEIN...
WIE IN DER WÜSTE... NACHTS IST ES EISKALT UND AM TAG GLÜHEND-HEISS!
ABER WAS MEINT ER MIT DEN „TÖDLICHEN AUGEN"?
HE, SEHT MAL HER!
GLITZERNDER STAUB... UND?
DER SAND BESTEHT AUS FEINSTEN KRISTALLEN, JORDAN! WAS PASSIERT WOHL, WENN DIE SONNE DA DRAUF KNALLT? DANN REFLEKTIEREN DIE KRISTALLE DIE SONNE WIE EIN RIESIGER SPIEGEL...!
31
VERDAMMT, ICH KENNE DIESEN SAND, ICH HÄTTE ES WISSEN MÜSSEN, ABER DER NEBEL UND DIE NERVOSITÄT... GLAUBT MIR, FREUNDE, TUXEDOS PLAN IST NOCH TEUFLISCHER, ALS ICH BEFÜRCHTET HABE!
RAUS MIT DER SPRACHE, GEORGES! WAS ERWARTET UNS HIER?
VON SONNENAUFGANG AN BEGINNEN DIE KRISTALLE ZU FUNKELN UND SO STARK ZU BLENDEN, DASS DAS LICHT SOGAR DURCH DIE GESCHLOSSENEN AUGEN DRINGT... WIR SEHEN DANN NUR NOCH MILLIONEN TANZENDER PUNKTE!
ES DAUERT HÖCHSTENS 15 STUNDEN, BIS WIR AM ENDE SIND... WAHNSINNIG, HALB VERDURSTET UND BLIND!!!

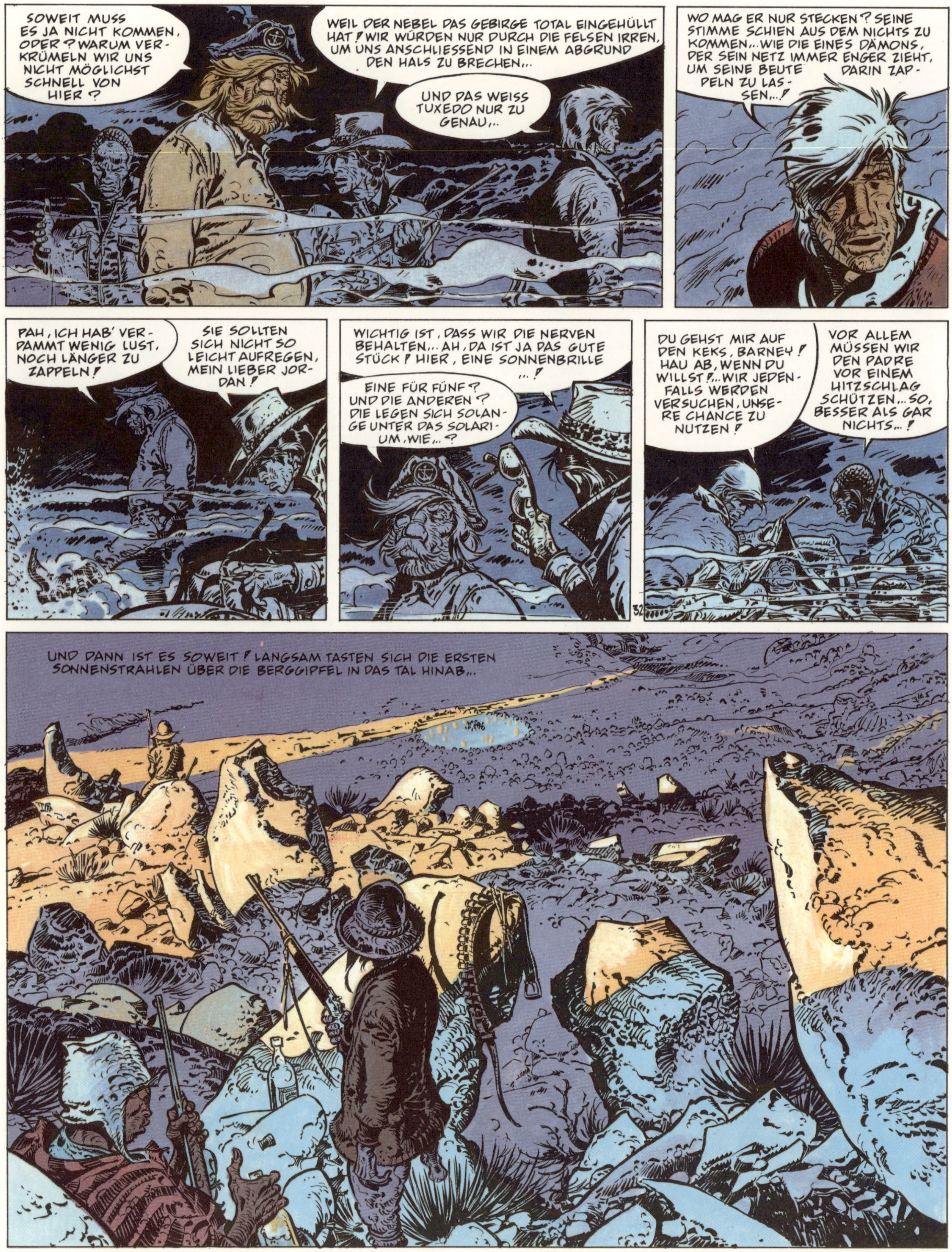
SOWEIT MUSS ES JA NICHT KOMMEN, ODER? WARUM VERKRÜMELN WIR UNS NICHT MÖGLICHST SCHNELL VON HIER?
WEIL DER NEBEL DAS GEBIRGE TOTAL EINGEHÜLLT HAT! WIR WÜRDEN NUR DURCH DIE FELSEN IRREN, UM UNS ANSCHLIESSEND IN EINEM ABGRUND DEN HALS ZU BRECHEN...
UND DAS WEISS TUXEDO NUR ZU GENAU...
WO MAG ER NUR STECKEN? SEINE STIMME SCHIEN AUS DEM NICHTS ZU KOMMEN... WIE DIE EINES DÄMONS, DER SEIN NETZ IMMER ENGER ZIEHT, UM SEINE BEUTE DARIN ZAPPELN ZU LASSEN...!
PAH, ICH HAB' VERDAMMT WENIG LUST, NOCH LÄNGER ZU ZAPPELN!
SIE SOLLTEN SICH NICHT SO LEICHT AUFREGEN, MEIN LIEBER JORDAN!
WICHTIG IST, DASS WIR DIE NERVEN BEHALTEN... AH, DA IST JA DAS GUTE STÜCK! HIER, EINE SONNENBRILLE ...!
EINE FÜR FÜNF? UND DIE ANDEREN? DIE LEGEN SICH SOLANGE UNTER DAS SOLARIUM, WIE...?
DU GEHST MIR AUF DEN KEKS, BARNEY! HAU AB, WENN DU WILLST!... WIR JEDENFALLS WERDEN VERSUCHEN, UNSERE CHANCE ZU NUTZEN!
VOR ALLEM MÜSSEN WIR DEN PADRE VOR EINEM HITZSCHLAG SCHÜTZEN... SO, BESSER ALS GAR NICHTS...!
UND DANN IST ES SOWEIT! LANGSAM TASTEN SICH DIE ERSTEN SONNENSTRAHLEN ÜBER DIE BERGGIPFEL IN DAS TAL HINAB...

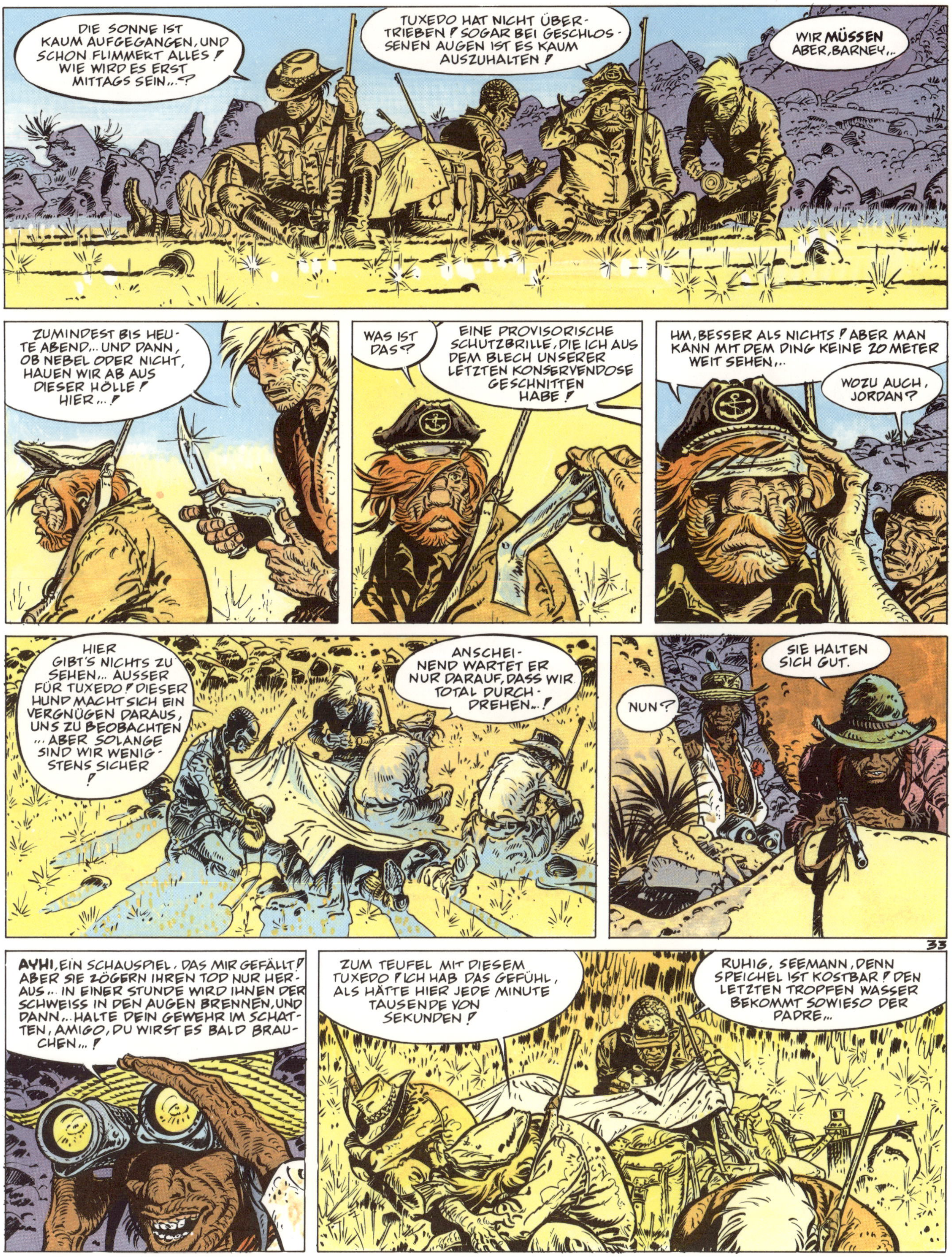
DIE SONNE IST KAUM AUFGEGANGEN, UND SCHON FLIMMERT ALLES! WIE WIRD ES ERST MITTAGS SEIN...?
TUXEDO HAT NICHT ÜBERTRIEBEN! SOGAR BEI GESCHLOSSENEN AUGEN IST ES KAUM AUSZUHALTEN!
WIR **MÜSSEN** ABER, BARNEY...
ZUMINDEST BIS HEUTE ABEND... UND DANN, OB NEBEL ODER NICHT, HAUEN WIR AB AUS DIESER HÖLLE HIER...!
WAS IST DAS?
EINE PROVISORISCHE SCHUTZBRILLE, DIE ICH AUS DEM BLECH UNSERER LETZTEN KONSERVENDOSE GESCHNITTEN HABE!
HM, BESSER ALS NICHTS! ABER MAN KANN MIT DEM DING KEINE 20 METER WEIT SEHEN...
WOZU AUCH, JORDAN?
HIER GIBT'S NICHTS ZU SEHEN... AUSSER FÜR TUXEDO! DIESER HUND MACHT SICH EIN VERGNÜGEN DARAUS, UNS ZU BEOBACHTEN ... ABER SOLANGE SIND WIR WENIGSTENS SICHER!
ANSCHEINEND WARTET ER NUR DARAUF, DASS WIR TOTAL DURCHDREHEN...!
SIE HALTEN SICH GUT.
NUN?
AYHI, EIN SCHAUSPIEL, DAS MIR GEFÄLLT! ABER SIE ZÖGERN IHREN TOD NUR HERAUS... IN EINER STUNDE WIRD IHNEN DER SCHWEISS IN DEN AUGEN BRENNEN, UND DANN... HALTE DEIN GEWEHR IM SCHATTEN, AMIGO, DU WIRST ES BALD BRAUCHEN...!
ZUM TEUFEL MIT DIESEM TUXEDO! ICH HAB DAS GEFÜHL, ALS HÄTTE HIER JEDE MINUTE TAUSENDE VON SEKUNDEN!
RUHIG, SEEMANN, DENN SPEICHEL IST KOSTBAR! DEN LETZTEN TROPFEN WASSER BEKOMMT SOWIESO DER PADRE...

ICH BIN KEIN WASCHLAPPEN, ANDY, ABER DAS HIER... DAS GEHT ÜBER MEINE KRÄFTE!
DU DARFST AN NICHTS DENKEN, ALTER, DARIN LIEGT DEINE EINZIGE CHANCE...
WETTEN, DASS MOREL ALS ERSTER ZUSAMMENBRICHT?
DIE WETTE VERLIERST DU...
DER KLEINE FRANKIE SIEHT ZWAR AUS WIE EIN PLAYBOY, IST ABER EIN STAHLHARTER TYP! NEIN, NEIN, ZUERST ERWISCHT ES DEN ROTBART ...
WENN ICH SCHON STERBEN MUSS, DANN AUF MEINE ART!
NUR RAUS HIER! ICH HOLE HILFE...
NICHT, BARNEY! DARAUF WARTEN DIE DOCH NUR!!
BANG
BANG
BAN
BANG
34
OH, MANN! DU HAST MEHR GLÜCK ALS VERSTAND, ALTER...!
WENN WENIGSTENS DIE FELSEN HÖHER WÄREN! MAN DARF NICHT GRÖSSER ALS EINEN HALBEN METER SEIN, UM HIER RAUSZUKOMMEN...
WAS... WAS HAST DU DA GESAGT, BARNEY?
?

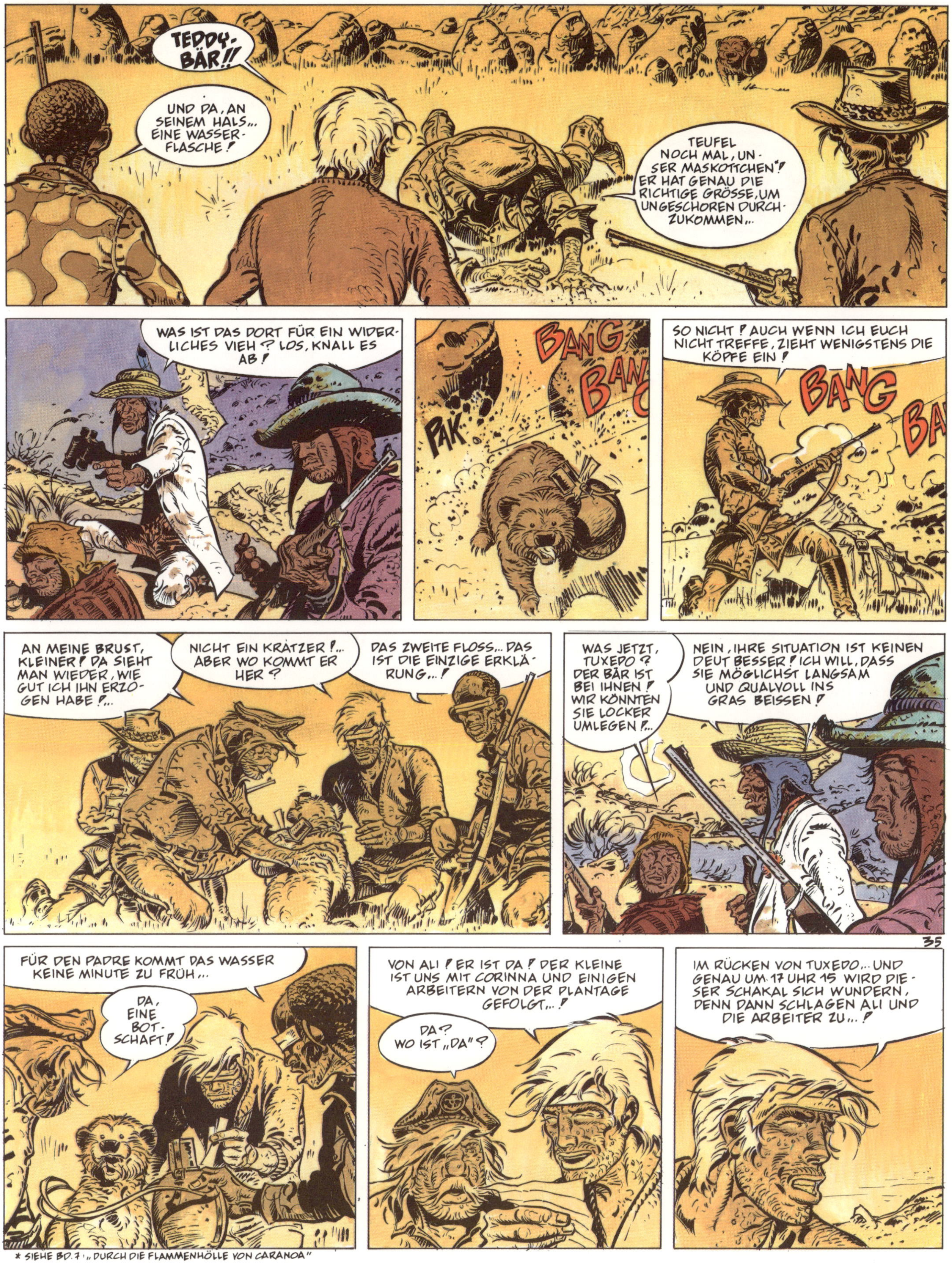

* SIEHE BD. 7 „DURCH DIE FLAMMENHÖLLE VON CARANOA"

DEM PADRE SCHEINT'S BESSER ZU GEHEN! MIT ETWAS GLÜCK ÜBERSTEHT ER DIESE HÖLLE...
HM... ALSO HABEN WIR DOCH NOCH EINE CHANCE, UNSEREN HALS ZU RETTEN!
FREU DICH NICHT ZU FRÜH, ALTER...!
WENN ES ALI TATSÄCHLICH GELINGT, TUXEDO UND SEINE BANDE IN SCHACH ZU HALTEN, BLEIBEN IMMER NOCH DIE STROLCHE, DIE ZWISCHEN DER MINE UND UNS POSTIERT SIND! DAS WIRD NOCH MAL SCHWIERIG...
KURZ NACH EINS! DAS SCHLIMMSTE IST BALD VORBEI...
WAS MACHEN WIR MIT DEM PATER, WENN WIR DURCHBRECHEN?
WIR LASSEN IHN HIER! TUXEDO GLAUBT BESTIMMT, ER WÄRE SCHON TOT! WENN WIR DIESE HÖLLE ÜBERLEBEN, KÖNNEN WIR IHN SPÄTER NOCH ABHOLEN...
UND DANN SCHWEIGEN DIE MÄNNER, DENN MEHR GIBT ES NICHT ZU REDEN. JEDE STUNDE, DIE VERGEHT, KOMMT IHNEN VOR WIE EINE EWIGKEIT... DOCH DANN, DANN IST ES ENDLICH SOWEIT...
NOCH FÜNF MINUTEN BIS ZUM FEUERWERK...!
LÄNGER HÄTTE ICH'S AUCH NICHT MEHR AUSGEHALTEN!
HOFFEN WIR, DASS TUXEDO GENAU DAS ANNIMMT... ALSO, ZUERST SCHIESSEN WIR IN DIE LUFT, UND WENN ALI UND CORINNA ANTWORTEN, GEHEN WIR DRÜBEN IM SCHATTEN IN DECKUNG!
36
FEUER!!

TUXEDO! DIE GRINGOS GREIFEN UNS AN!
JETZT HAT SIE DER WAHNSINN GEPACKT! SCHIESST AUF DIE BEINE!
SIE WERDEN ZU UNS HERAUFSTEIGEN, UND DANN FOTOGRAFIERE ICH SIE UND SCHICKE DAS BILD AN DEN ALTEN MOREL... ALS LETZTE WARNUNG! LOS, AMIGOS, SCHIESST!!
LASS DAS BESSER SEIN, DU MÖRDER!
BANG
BANG
!?
BANG
BANG
NEIN, NICHT! HÖRT AUF!?
DECKUNG. IHR SCHWACHKÖPFE!
INZWISCHEN LAUFEN ANDY UND SEINE FREUNDE UM IHR LEBEN...
37
ICH GLAUBE, ALI HAT'S GESCHAFFT! DA OBEN WIRD'S STILLER...
DA WAR NOCH WAS, MORGAN...
ICH HABE NÄMLICH AUCH VON DER ANDEREN SEITE SCHÜSSE GEHÖRT, UND DAFÜR GIBT ES NUR EINE ERKLÄRUNG... JO UND YVES MOREL SIND INZWISCHEN MIT VON DER PARTIE!!

LASST SIE NICHT AUS DEN AUGEN! MANUEL, DU VERSORGST DIE VERWUNDETEN!... UND IHR STRAUCHDIEBE MERKT EUCH EINS... IHR IRRT EUCH, WENN IHR UNS FÜR DUMM VERKAUFEN WOLLT... UND IHR WERDET KEINE ZEIT MEHR BEKOMMEN, DIESEN IRRTUM ZU BEDAUERN!
ANDY, BARNEY! SEID IHR DA UNTEN?
SIND WIR, EDLER RETTER, UND ZWAR HEIL UND GESUND! ICH SCHWÖR'S DIR, IN VILLABAMBA KAUFE ICH DIR SO VIELE SÜSSIGKEITEN, WIE DU WILLST...!
ABER KEINE WALDMEISTER-BONBONS! DIE ERINNERN MICH ZU SEHR AN TUXEDO UND DIE SMARAGDE!
APROPOS TUXEDO... PASST GUT AUF IHN AUF, DAMIT ER EUCH NICHT DURCH DIE LAPPEN GEHT!
UM DEN WIRST DU DICH SELBST KÜMMERN MÜSSEN, ANDY! ER IST UNS VORHIN ENTKOMMEN...
WAS?
UND DANN STEHST DU DA WIE EINE ZIELSCHEIBE? RUNTER MIT DIR, ALI!!
KEINE FALSCHE PANIK! ICH WETTE, DASS DIESER FEIGLING RENNT WIE EIN HASE... MANN, EURE NERVEN SIND JA WIRKLICH GANZ SCHÖN ANGEKNACKST!
38
DIE WETTE WÜRDE DER KLEINE VERLIEREN! TUXEDO IST BESTIMMT NOCH HIER...
DARAUF KANNST DU GIFT NEHMEN, GEORGES! ICH KANN IHN FÖRMLICH RIECHEN!
GANZ SCHÖN FRECH, DER MUCHACHO, DOCH DAS WIRD IHM SCHON NOCH VERGEHEN... SOLL ICH IHM JETZT EINEN DENKZETTEL VERPASSEN ODER LIEBER SPÄTER MIT DEN ANDEREN?
NEIN, ICH WARTE AUF EINE NEUE GELEGENHEIT... UND DANN WIRD MEINE RACHE UM SO SCHRECKLICHER SEIN!

WIR MUSSTEN SIE LEIDER ZURÜCK-LASSEN, PADRE, DENN DAS WAR DIE EINZIGE CHANCE, IHRE UND UNSERE HAUT ZU RETTEN...
ICH... ICH HÄTTE SONST DOCH NUR WIE-DER ALLES VERDOR-BEN, STIMMT'S?
VERGESSEN WIR'S! WIR MÜSSEN SCHLIESSLICH JO UND YVES MO-REL NOCH VERNUNFT BEIBRIN-GEN... SIE KOMMEN GERADE...
MEINE BRÜDER VON DER EINEN, CORINNA VON DER ANDEREN SEITE... DAS IST SELTEN!
SIE SOLLTEN MAL DRÜBER NACHDEN-KEN, FRANK...!
DIE DIFFERENZEN KÖNNEN DOCH NICHT SO GROSS SEIN, DASS EINE GANZE KAFFEE-PLANTAGE DABEI DRAUFGEHT...
DAS DENKEN SIE!
DAS PROBLEM IST DOCH, DASS KEINES VON UNS KINDERN UNSEREN ALTEN KLARMA-CHEN KANN, DASS SICH DIE ZEITEN GEÄN-DERT HABEN! WIR SIND KEINE DIKTATOREN, WIE SIE ES SIND...
DA BIN ICH ABER ANDERER MEINUNG!
IHR MÜSST MIT DEN ALTEN HERR-SCHAFTEN OFFEN REDEN... ABER NEIN, CORINNA WARTET BRAV AUF DEN EHE-MANN, SIE SPIELEN DEN PLAYBOY, UND JO UND YVES STEHLEN MIT IHRER BLÖDSINNIGEN SMARAGDSUCHE DEM HERRGOTT DIE ZEIT... UND DAS MUSS WIRKLICH NICHT SEIN!
39
OKAY, MORGAN, SIE HABEN RECHT! JETZT, DA WIR ALLE ZUSAMMEN SIND, WERDE ICH MIT MEINEN GESCHWISTERN REDEN! DIESE DUMMHEIT...
SIEH DIR DAS AN, ANDY! SIE HABEN SMARAGDE GEFUN-DEN! DIE KLUNKER GIBT'S WIRKLICH!!
ICH HAB' NOCH NIE EINEN DERARTIGEN RIESENOTTO GESEHEN!
?

ALSO STIMMT DIE LEGENDE DER CONQUISTADORES DOCH,..
NA, FEIN ! NOCH EIN PAAR VON DIESEN STEINEN, UND KEIN AAS KÜMMERT SICH MEHR UM DEN KAFFEE VON TIERRA DEL GUAQUERO...
DARF ICH IHNEN DEN REST DER MORELS VORSTELLEN, MORGAN ? YVES UND JO...
FREUT MICH, DASS ICH MAL EINEM MILLIONÄR DIE HAND DRÜCKEN DARF !
FREUT MICH, DASS IHNEN DAS NICHT PASST, MORGAN !
WIE ? ALSO, DAS IST MIR ZU HOCH... WAS SOLL DAS HEISSEN ?
DASS DIE SMARAGDE NICHT DAS ENDE, SONDERN DER NEUE ANFANG FÜR DEN KAFFEE VON TIERRA DEL GUAQUERO SIND, CAPTAIN !
VIEL MEHR IST IN DEN BERGEN HIER NICHT MEHR DRIN ! WIR WOLLTEN ZWAR NOCH EIN PAAR TAGE HERUMBUDDELN, ABER EIGENTLICH HABEN WIR, WAS WIR BRAUCHEN...
HEUTE MORGEN WOLLTEN WIR ABSTIMMEN, ALS DANN DIE KNALLEREI DAZWISCHENKAM ! ABER UNSERE KLEINE FEIER HOLEN WIR HEUTE ABEND NACH... UND SIE SIND HERZLICH DAZU EINGELADEN !...
DANKE, ABER ICH STEHE IMMER NOCH AUF DEM SCHLAUCH...
SIE SIND WIRKLICH SCHWER VON BEGRIFF, MORGAN... WIR WOLLTEN ABSTIMMEN, WAS MIT DEN SMARAGDEN GESCHEHEN SOLL ! SCHLIESSLICH BEKOMMT JEDER NUR SEINEN ANTEIL, EINSCHLIESSLICH DER ARBEITER...
40
ALSO DOCH ! JEDER KRALLT SICH SEINEN BATZEN UND VERSUCHT, AUF EIGENE FAUST SEIN GLÜCK ZU MACHEN !
DAS KÖNNTEN SIE, JA... ABER WENN ICH MICH NICHT IRRE, WIRD DIE ABSTIMMUNG ANDERS AUSGEHEN ! ICH KENNE DIE MORELS, JORDAN, UND ICH WEISS, DASS SIE JEDERZEIT FÜR EINE HANDFESTE ÜBERRASCHUNG GUT SIND... !

NETTES LAGER! HIER KÖNNTE MAN ES FÜR 'NE WEILE AUSHALTEN...
WAS MAN VON TIERRA DEL GUAQUERO NICHT SAGEN KANN!
SIE SIND UNGERECHT, MORGAN...
ALSO, WIR SIND UNS ALLE DARÜBER EINIG, DASS JEDER DEN GLEICHEN ANTEIL ERHÄLT! DOCH KOMMEN WIR ZUR HAUPTSACHE UND STIMMEN WIR AB...
ALLE, DIE IHRE STEINCHEN IN VILLABAMBA VERSCHERBELN WOLLEN, SOLLEN DIE HAND HEBEN...
41
LOGO WOLLEN SIE! ODER SOLLEN SIE ZAHNSTOCHER DRAUS SCHNITZEN?
WARTEN SIE'S AB, JORDAN, WARTEN SIE'S AB!
AHYIIHI! REDET NUR, IHR SCHWACHKÖPFE, REDET, DAMIT IHR BRAV ZUSAMMENBLEIBT...

TUT, WAS IHR FÜR RICHTIG HALTET, FREUNDE, ABER ICH UND MEINE BRÜDER, WIR WERDEN GUAQUERO WIEDER AUFBAUEN!
HABT IHR DAS GEHÖRT? JO UND YVES UND FRANK UND DIE SEÑORITA, SIE SIND SICH WIEDER EINIG, UND WENN WIR ALLE MITMACHEN, KOMMT DIE PLANTAGE WIEDER AUF DIE BEINE... EINE PLANTAGE, DIE DANN UNS ALLEN GEHÖRT!
MEIN ANTEIL IST MEIN EINSATZ, AMIGOS!
„UNS ALLEN GEHÖRT"... HE?!
LANGSAM DÄMMERT'S MIR! DAS IST DER BEGINN EINER KLEINEN KOOPERATIVE!
IRRTUM, MORGAN... DER BEGINN EINER GROSSEN!
MEINE BRÜDER HABEN MIR VORHIN ALLES ERKLÄRT... ES WAR SCHON IMMER IHR TRAUM, ZUSAMMEN MIT DEN ARBEITERN DEN LADEN NEU IN SCHWUNG ZU BRINGEN, ABER OHNE FINANZIELLE RÜCKENDEKKUNG HÄTTEN SIE VATER UND GROSSVATER WOHL KAUM ÜBERZEUGEN KÖNNEN...
SEIT FÜNF JAHREN VERSUCHE ICH, DEN ALTEN MOREL DAZU ZU ÜBERREDEN, UND JEDESMAL SAGTE ER NUR: „WOMIT DENN?" DOCH JETZT IST DAS GELD DA... EIN WAHRES WUNDER DES HIMMELS!
42
DAS WAHRE WUNDER BESTEHT DARIN, PATER, DASS SIE NICHT ZUVIEL GEFUNDEN HABEN... DENN DANN WÄREN SIE VIELLEICHT DOCH NOCH ÜBERGESCHNAPPT!
WENN ICH DARAN DENKE, DASS DEIN BOSS SICH BISHER WEGEN JEDEM DOLLAR FAST INS HEMD GEMACHT HAT...
HA! HA! ES WIRD NICHT LEICHT FÜR IHN SEIN, DAS ZEPTER MAL AN JÜNGERE ABZUGEBEN...
?
FRCHSHHHH

ICH DACHTE, DER KLEINE WÄRE GANZ ZAHM...?
IST ER AUCH, DENN ICH HAB' IHN SCHLIESSLICH ERZOGEN! DA STIMMT WAS NICHT...
ICH HABE DAS DUMPFE GEFÜHL, ALS WOLLTE ER UNS WARNEN...
AHYYHIHI! DER DICKE ROTBART HÄTTE DEM TEDDY DAS SPRECHEN BEIBRINGEN SOLLEN!!
DOCH WAHRSCHEINLICH HÄTTE EUCH DAS AUCH NICHTS MEHR GENÜTZT, DENN TUXEDO IST IMMER BESTENS VORBEREITET! SCHLIESSLICH HABE ICH GESCHWOREN, EUCH UMZUBRINGEN!!
DYNAMIT! DIESEM DRECKSKERL IST ES SOGAR EGAL, WENN SEINE EIGENEN LEUTE MIT HOCHGEHEN! ICH...
NICHTS WIRST DU! ICH WAR ZWAR IM TAL DER TOTEN AUGEN...
...ABER BLIND BIN ICH NOCH LANGE NICHT! ER HAT EINE HANDGRANATE ALS ZÜNDER AN DAS DYNAMIT GEBUNDEN! ICH BRAUCHE NUR EINEN WINZIGEN MOMENT...
NEIN, BARNEY, TU'S NICHT!
43
FAHR ZUM TEUFEL, MARINERO!

EINE SEKUNDE... NUR EINE EINZIGE SEKUNDE!
N...NEIN! DAS IST UNMÖG...
BAOºººOOOMN
ICH WOLLTE DAS NICHT, TEDDY... WIRKLICH NICHT! ABER WAS HÄTTE ICH SONST TUN SOLLEN...?
WENN ICH DAS IN MEINEN MEMOIREN SCHREIBE, WIRD MAN GLAUBEN, ICH SEI EIN LÜGNER...
DANN BEHALTE ES FÜR DICH, GEORGES! LASS DIE VERGANGENHEIT RUHEN...
EIGENTLICH SOLLTE ICH STOLZ SEIN, ABER IRGENDWIE...
SO, WIE ICH SIE INZWISCHEN KENNE, HÄTTE DIE POSE DES STOLZEN SIEGERS GAR NICHT ZU IHNEN GEPASST, JORDAN!
UND NUN SOLLTEN WIR DEN TAG ANGEMESSEN BESCHLIESSEN... IMMERHIN WURDE HEUTE TIERRA DEL GUAQUERO DURCH DIE WIEDERVEREINTEN MORELS ZU NEUEM LEBEN ERWECKT! SIE WERDEN MIR HELFEN, JORDAN!
MOMENT MAL, PADRE, ICH, ÄH...
HÄTTEN SIE ES ETWA GEWAGT, HIER NEIN ZU SAGEN?...
ENDE

CARLSEN COMICS

Das bunte Programm

TIM UND STRUPPI

Tim, sein Hund Struppi, der immerzu fluchende Kapitän Haddock, die Detektive Schulze und Schultze, Professor Bienlein und die unnachahmliche Sängerin Castafiore – sie begeistern nun schon fast ein Menschenalter lang alle Leser „zwischen acht und achtzig"

Von Hergé.

ALFRED JODOCUS KWAK

Die große Comic-Serie nach der erfolgreichen Musikfabel von Herman van Veen!

Von Herman van Veen, Hans Bacher und Harald Siepermann.

GASTON

Mit seinen verrückten Einfällen und Erfindungen bringt der Bürobote Gaston die gesamte Belegschaft des Carlsen Verlages an den Rand des Wahnsinns. Gaston ist die größte Katastrophe seit es Comics gibt.

Von André Franquin.

SPIROU UND FANTASIO

Nichts ist aufregender als ein Tag im Leben von Spirou und seinem Freund Fantasio. Dafür sorgt schon das Marsupilami, das gefleckte Wundertier mit dem unendlich langen Schwanz!

Von André Franquin und Jean-Claude Fournier.

SPIROU CLASSICS

Eine Liebhaberausgabe mit klassischen Spirou-Geschichten aus den 40er Jahren.

Von André Franquin.

DIE ABENTEUER DES MARSUPILAMIS

Der palumbianische Urwald, die Heimat des Marsupilamis, wurde noch von kaum einem Menschen betreten. Was das gelbe Wundertier mit dem neun Meter langen Schwanz hier erlebt, schildert diese neue Albumreihe.

Von Franquin, Greg und Batem.

CUBITUS

Cubitus, die gewichtige Hundepersönlichkeit, ist mit allen Wassern gewaschen, wenn es darum geht, seinen Herrn Bojenberg zur Verzweiflung zu bringen. Nur dem feisten Kater Paustian ist er nicht immer gewachsen . . .

Von Dupa.

YOKO TSUNO

Die japanische Elektronik-Spezialistin Yoko Tsuno und ihre Begleiter Vic und Knut erleben phantastische Abenteuer im Weltraum und auf der Erde.

Von Roger Leloup.

DER ROTE KORSAR

Schon sein Name bringt jeden Seemann der Sieben Weltmeere zum Erzittern. Zusammen mit seiner wilden Meute macht der Rote Korsar Jagd auf die Schätze von Edelleuten und Königen.

Von Jean-Michel Charlier und Victor Hubinon.

PERCY PICKWICK

Sehr „britisch" ist die Lebensart von Percy Pickwick, dem Geheimagenten Ihrer Majestät. Seinen gefährlichen Beruf bewältigt Pickwick mit viel Humor.

Von Turk, Bédu und de Groot.

PRINZ EISENHERZ

Hal Fosters gewaltiges Epos aus den Tagen König Arthurs erscheint in dieser Edition endlich als vollständige und originalgetreue Gesamtausgabe.

Von Hal Foster.

JEFF JORDAN

Jeff Jordan ist ein Privatdetektiv, dem kein Fall zu gefährlich ist. Ihm zur Seite stehen Teddy, ein ehemaliger „schwerer Junge" sowie der unnachahmliche Inspektor Stiesel.

Von Maurice Tillieux.

comicArt

Comics für Kenner

REISENDE IM WIND

Auf einem Sklavenschiff gelangt die Adlige Isabeau de Marnaye gegen Ende des 18. Jahrhunderts bis nach Afrika und wird dort mit der grausamen Realität des Menschenhandels konfrontiert.

Von François Bourgeon.

DIE TÜRME VON BOS-MAURY

Diese brillante Serie erzählt die Geschichte des jungen Gereoy, der dem Folterkeller entrann und in eine ungewisse Zukunft unterwegs ist.

Von Hermann.

THORGAL

Der gefürchtete Wikinger-Krieger Thorgal erlebt dramatische Abenteuer in einer bizarren Welt der Magie und der Gefahren.

Von Jean van Hamme und Grzegorz Rosinski.

AUF DER SUCHE NACH DEM VOGEL DER ZEIT

Eine große Gefahr bedroht das Reich Akbar. Pelissa reist durch unzählige Gefahren, um den Vogel der Zeit zu suchen. Nur er kann Akbar retten…

Von Le Tendre und Loisel.

DIE SPUREN DER GÖTTER

Im südamerikanischen Dschungel sucht eine Gruppe von Wissenschaftlern nach der „Quelle des ewigen Lebens". Doch zwischen den Rätseln der Vergangenheit stößt die Expedition auf die Spuren der Götter…

Von Birger und Rafael.

JOHN DIFOOL

Privatdetektiv John Difool, der Held dieser meisterhaften Science-Fiction-Serie, wird zur meistgesuchten Person des ganzen korrupten Planeten.

Von Jodorowsky und Moebius.

ALEF-THAU

Chaos herrscht auf dem Planeten Mu-Dhara, den der gefürchtete Ner Ramnus von seinem Raumschiff aus beherrscht. Ist Alef-Thau wirklich der Retter, von dem die Legende der Dharianer spricht?

Von Jodorowsky und Arno.

DIE VORSTADT-GANG

In der Pariser Vorstadt ist immer was los. Mit spritziger Feder hat Margerin die ausgeflippten Abenteuer einer Jugendgang aufgezeichnet.

Von Frank Margerin.

DIE HAIE VON LAGOS

Ein abenteuerlicher Report über die moderne Piraterie. Im Mittelpunkt steht Patrick Lambert, ein Weißer in einer schwarzen Welt. In seinem Kampf gibt es nur zwei Möglichkeiten: Reichtum oder Untergang!

Von Matthias Schultheiss.

BILAL/CHRISTIN

Enki Bilal und Pierre Christin sind Meister der hintergründigen Polit-Fiktion. Mit einem Hauch Phantastik widmen sie sich in jedem Band einem neuen Thema unserer Wirklichkeit.

Von Pierre Christin und Enki Bilal.

CORTO MALTESE

Corto Maltese ist ein Einzelgänger, ein Kapitän ohne Schiff. Er lebt in einer Welt, in der sich Realität, Magie und Phantasie ständig vermischen. Ein meisterhaftes Abenteuer-Epos!

Von Hugo Pratt.

EIN INDIANISCHER SOMMER

Dieser meisterhafte, zweibändige Comic-Roman schildert die schicksalhaften Ereignisse um die Siedlung Neu-Kanaan Ende der 20er Jahre des 17. Jahrhunderts.

Von Hugo Pratt und Milo Manara.